해시태그 문학선

#젠더_시

해시태그 문학선
#젠더_시

제1판 제1쇄 2021년 12월 15일

엮 은 이 김지은 이광호
펴 낸 이 이광호
주 간 이근혜
편 집 박지현 홍근철
펴 낸 곳 ㈜문학과지성사
등록번호 제1993-000098호
주 소 04034 서울 마포구 잔다리로7길 18(서교동 377-20)
전 화 02) 338-7224
팩 스 02) 323-4180(편집) 02) 338-7221(영업)
전자우편 moonji@moonji.com
홈페이지 www.moonji.com

ISBN 978-89-320-3935-0 03810

#젠더 시

해시태그 문학선

김지은 · 이광호 엮음

문학과지성사

해시태그 문학선

해시태그(#)는 소셜 네트워크상의 검색을 편리하게 해주는 기호로 시작되었지만 이제 문화적 상징이 되었다. 같은 관심사를 묶어주는 꼬리표로서의 #는 유력한 주제어를 띄워 올려 네티즌들을 광장으로 끌어내는 문화 현상으로 진화했다.

해시태그 문학선은 우리 시대의 가장 강력한 주제어와 연관된 문학작품들을 선별해 독자들과 공유하고자 한다. 문학작품이라는 '기호hash'를 '묶는다tag'라는 어원 그대로, 하나의 주제어와 연관된 작품들을 선별하고 묶어 소개하고자 한다. 이 주제어들은 우리 사회의 첨예한 문제의식들의 결정체이며, 큐레이션은 그 첨예함을 둘러싼 섬세한 문학적 경험을 제공할 것이다. 수록 작품들의 목록은 문학의 언어가 얼마나 내밀하게 동시대의 뜨거운 문제와 마주하고 있는가를 한눈에 보여주는 무대가 된다.

이 집중된 '#문학'의 무대에 독자 여러분을 초대한다. 개별 작품들은 하나의 주제어에 포섭되지 않지만, 주제어와 문학작품과의 연관을 사유하고 상상하는 작업은 한국문학의 스펙트럼을 보다 깊게 이해하게 만든다. '포스트잇'과 '생각의 타래'는 '#문학'을 둘러싼 심층적인 질문들을 독자 여러분과 함께 나누려는 장치이다.

해시태그 문학선_젠더

페미니즘 리부트 이후 '#젠더'는 한국 사회의 격렬하고 문제적인 주제어가 되었다. '한국문학장'은 유례가 없는 단절의 시간을 통과하고 있으며, 젠더라는 의제는 민족과 계급이라는 기존의 의제를 대체하면서 문학을 둘러싼 근본적인 사유의 전환을 요구해왔다.

젠더라는 이슈는 우리 시대 문학의 지형을 근원적으로 바꾸어놓았다. 이 운동은 페미니즘을 둘러싼, 2016년 이후 한국 사회의 소용돌이 속에서 갑자기 시작된 것은 아니었다. 한국 근대문학의 출발에서 문학의 제도화는 남성 중심의 형식과 시스템의 구축을 의미했지만, 1980년대 이후 여성적 글쓰기가 본격적으로 등장하면서 한국문학사는 다른 시대를 준비하기 시작했다. 새로운 정치적 상상력과 젠더 감수성은 한국문학의 문법과 소통 방식을 새로운 차원에 진입하게 했다. '젠더'와 '성 정치' 이슈가 이토록 첨예한 주제어가 된 것은 공적인 세계와 사적인 세계를 가로지르는 욕망과 타자의 문제에 현대 문학과 예술이 관심을 집중하는 특성에 기인하는 것이며, 이것은 '남성-이성애자'를 보편적인 문학의 주체로 오인했던 한국문학사에 대한 통렬한 반성을 동반하는 것이다.

해시태그 문학선_젠더는 여성적인 글쓰기를 수행한 문제적 작품들을 묶어서 그것을 우리 시대의 질문으로 만들기 위해 기획되었다. 이

프로젝트는 한국문학사의 기존 정전 목록들에 대한 비판의 의미를 담고 있지만, 기존의 목록들을 대체하는 새로운 정전들을 구축하려는 것은 아니다. 이 작품들은 여성 문학사의 고정된 기념비가 아니라, 문학의 미래를 향해 지금도 움직이는 작품들이다. 이 큐레이션은 우리 시대 문학의 첨예한 문제의식을 이해하고, 도래할 문학에 대한 예감을 만드는 매력적인 독서의 시간을 제공하려 한다. 소설은 한국문학사에서 지금 기억되어야 하고 다시 읽어야 할 백신애, 오정희, 박완서, 최윤, 한강, 배수아, 김애란의 단편소설 7편을 선정했으며, 시의 경우는 여성적인 시 쓰기의 잠재성을 밀고 나간 작품 70편을 '몸' '나' '사랑' '시간' '모성' '시선'이라는 7개의 소주제어로 나누어 묶었다. 이 큐레이션을 통해 '#젠더-문학'을 둘러싼 보이지 않는 문학적 우정의 공동체가 만들어지기를 바란다.

차례

	기획의 말		4
1부 — 몸	**김혜순**	환한 걸레	13
		내 안의 소금 원피스	15
		붉은 가위 여자	17
	최승자	여성에 관하여	19
	황인숙	그 여자 늑골 아래	20
	이 원	몸이 열리고 닫힌다	22
		여자는 몸의 물기를 닦는다	23
	김선우	내 몸속에 잠든 이 누구신가	24
	조용미	낯선 피	25
	김민정	젖이라는 이름의 좆	27
	이근화	원피스	29
	이민하	거식증	31
	포스트잇 _ 생각의 타래		32_34
2부 — 나	**김명순**	두 마음	37
	나혜석	인형의 집	38
	강은교	자전自轉 2	41
	김승희	배꼽을 위한 연가 5	43
	최승자	일찍이 나는	45

	최승자	즐거운 일기	46
	김혜순	새가 되려는 여자	47
	나희덕	다시, 십 년 후의 나에게	50
	이 원	엄마와 내가 아직 이 세상에 오지 않았을 때	52
	조용미	삼베옷을 입은 자화상	54
	신해욱	아담의 사과	56
	진은영	바깥 풍경	58
		나에게	62
	이민하	요조숙녀	65
	포스트잇 _ 생각의 타래		67_69
3부 사랑	나희덕	들리지 않는 노래	73
	황인숙	안녕히,	75
		이름 모를 소녀	77
	허수경	불우한 악기	79
		혼자 가는 먼 집	81
	김혜순	그녀, 요나	82
	김행숙	하얀 해변	84
	진은영	첫사랑	86
		네가 소년이었을 때	87
	김이듬	신경쇠약 직전의 여자들	89
	포스트잇 _ 생각의 타래		91_93

4부 시간

천양희	놓았거나 놓쳤거나	97
김혜순	모래 여자	99
황인숙	처녀처럼	101
허수경	그해 사라진 여자들이 있다	102
김행숙	입맞춤—사춘기 2	103
	소녀들—사춘기 5	104
하재연	동시에	105
이제니	수요일의 속도	106
신해욱	금자의 미용실	108
강성은	올란도	110
신영배	지붕 위의 여자	112
김소연	이것은 사람이 할 말	115
포스트잇 _ 생각의 타래		117_119

5부 모성

김승희	배꼽을 위한 연가 1	123
김정란	죽은 엄마에 의한 엄마의 교정	125
김혜순	엄마의 식사 준비	129
허수경	엄마와 나의 간격	131
김소연	그녀의 생몰 연도를 기록하는 밤	133
김행숙	삼십세	136
하재연	엄마 기계	137
김선우	몸과 몸이 처음 만나 보얘진 그 입김을 말이라 했다	140
신해욱	여자인간	142
포스트잇 _ 생각의 타래		144_147

6부 ——— 시선

강은교	자전自轉 1	151
황인숙	그녀는 걸었다	153
한 강	서커스의 여자	154
	거울 저편의 겨울 11	156
조 은	그 여자	157
	한 무덤 앞에서	158
	봄날의 눈사람	159
이기성	꽃집 여자	161
	직업의 세계	162
강성은	Ghost	164
	저녁의 저편	166
하재연	이동	167
신영배	문 뒤에 여자	168
포스트잇 _ 생각의 타래		169_171

지은이 약력 172

1부

몸

환한 걸레

물동이 인 여자들의 가랑이 아래 눕고 싶다
저 아래 우물에서 동이 가득 물을 이고
언덕을 오르는 여자들의 가랑이 아래 눕고 싶다

땅속에서 싱싱한 영양을 퍼올려
굵은 가지들 작은 줄기들 속으로 젖물을 퍼붓는
여자들 가득 품고 서 있는 저 나무
아래 누워 그 여자들 가랑이 만지고 싶다
짓이겨진 초록 비린내 후욱 풍긴다

가파른 계단을 다 올라
더 이상 올라갈 곳 없는
물동이들이 줄기 끝
위태로운 가지에 쏟아 부어진다
허공중에 분홍색 꽃이 한꺼번에 핀다

분홍색 꽃나무 한 그루 허공을 닦는다
겨우내 텅 비었던 그곳이 몇 나절 찬찬히 닦인다
물동이 인 여자들이 치켜든

분홍색 대걸레가 환하다

김혜순, 『불쌍한 사랑 기계』(1997)

내 안의 소금 원피스

슬픔을 참으면 몸에서 소금이 난다
짜디짠 당신의 표정
일평생 바다의 격렬한 타격에 강타당한 외로운 섬
같은 짐승의 눈빛

짧은 속눈썹 울타리 사이
파랑주의보 높아 바닷물 들이치는 날도 있었지만
소금의 건축이 허물어지지는 않았다
따가운 흐느낌처럼 손끝에서 피던 소금꽃

소금, 내 고꾸라진 그림자를 가루 내어 가로등 아래 뿌렸다
소금, 내 몸속에서 유전하는 바다의 건축

소금, 우리는 부둥켜안고 서로의
몸속에서 바다를 채집하려 했다

오늘은 일어나자마자 염전이 문을 열었다
나는 아침부터 바다의 건축이 올라오는 소리 듣는다

나는 몸속에 입었다
소금 원피스 한 벌

김혜순, 『슬픔치약 거울크림』(2011)

붉은 가위 여자

저만치 산부인과에서 걸어나오는 저 여자
옆에는 늙은 여자가 새 아기를 안고 있네

저 여자 두 다리는 마치 가위 같아
눈길을 쓱 쓱 자르며 잘도 걸어가네

그러나 뚱뚱한 먹구름처럼 물컹거리는 가윗날
어젯밤 저 여자 두 가윗날을 쳐들고
소리치며 무엇을 오렸을까
비린내 나는 노을이 쏟아져 내리는 두 다리 사이에서

눈 폭풍 다녀간 아침 자꾸만 찢어지는 하늘
뒤뚱뒤뚱 걸어가는 저 여자를 따라가는
눈이 시리도록 밝은 섬광
눈부신 천국의 뚜껑이 열렸다 닫히네

하나님은 얼마나 무서웠을까
하나님이 키운 그 나무 그 열매 다 따 먹은
저 여자가 두 다리 사이에서

붉은 몸뚱이 하나씩
잘라내게 되었을 때

아침마다 벌어지는 저 하늘 저 상처
저 구름의 뚱뚱한 붉은 두 다리 사이에서
빨간 머리 하나가 오려지고 있을 때

(저 피가 내 안에 사는지)
(내가 저 피 속에 사는지)

저만치 앞서 걸어가는 저 여자
뜨거운 몸으로 서늘한 그림자 찢으며
걸어가는 저 여자

저 여자의 몸속 눈창고처럼 하얀 거울 속에는
끈적끈적하고 느리게 찰싹거리는 붉은 피의 파도
물고기를 가득 담은 아침바다처럼
새 아가들 가득 헤엄치네

김혜순, 『당신의 첫』(2008)

여성에 관하여

여자들은 저마다의 몸속에 하나씩의 무덤을 갖고 있다.
죽음과 탄생이 땀 흘리는 곳,
어디로인지 떠나기 위하여 모든 인간들이 몸부림치는
영원히 눈먼 항구.
알타미라 동굴처럼 거대한 사원의 폐허처럼
굳어진 죽은 바다처럼 여자들은 누워 있다.
새들의 고향은 거기.
모래바람 부는 여자들의 내부엔
새들이 최초의 알을 까고 나온 탄생의 껍질과
죽음의 잔해가 탄피처럼 가득 쌓여 있다.
모든 것들이 태어나고 또 죽기 위해선
그 폐허의 사원과 굳어진 죽은 바다를 거쳐야만 한다.

최승자, 『즐거운 일기』(1984)

그 여자 늑골 아래

그 여자 늑골 아래
흉가 한 채 있다네.

난 알지, 거기엔
붉은 지네 살고 있어.

놈은 그럭저럭 자리 잡아
별 해코지를 않았고
그녀 역시 손 닿지 않는지라
그들은 하여간
그럭저럭 잘 지내네.

난 알지, 거기엔
붉은 지네 살고 있어.

하지만
나 잘 있어요, 하고
전보라도 보내듯
이따금 놈은
느닷없이 물어뜯네.

느닷없이 그녀가 몸서리치며
가슴 뜨끔해하는 걸 보았는지?

난 알지, 거기엔
붉은 지네 살고 있어.

다행히도 놈은 잠꾸러기.
하지만 바람소리만 나면
빨간 눈을 반짝 뜨고
술렁술렁 고개를 쳐든다네.
오, 제발.
바람이 불면 그 여자의 손은
더듬더듬
담배상자를 찾네.

난 알지, 거기엔
붉은 지네 살고 있어.

황인숙, 『새는 하늘을 자유롭게 풀어놓고』(1988)

몸이 열리고 닫힌다

몸 속에 웹 브라우저를 내장하게 되었어. 야금야금 제 속을 파먹어 들어가는 달. 신이 몸 속에 살게 되었어. 신은 이제 몸 속에서 키울 수 있는 존재야. 몸 속에는 사철나무. 산. 목이 잘린 불상. 금칠이 벗겨진 십자가. 당신이 보낸 천년에 한 번 우는 새. 당신이 내게 올 때 걸었던 최초의 오른발과 왼발. 기어이 제 살을 다 파먹은 달. 그물로 된 달. 그물에 걸린 신들의 꼼지락거리는 손가락들과 발가락들을 생각해봐. 몸 속이 점점 비좁아지고 있어. 십계명을 새긴 돌이 자궁 속을 굴러다니고 있어. 사막을 건너 아버지가 찾아와. 내 몸이 신전이니 죽은 아버지가 새벽마다 기도해. 몸 속은 무덤이 아니야. 방금 네가 날 검색했잖니. 서른 닢의 은전도 받지 않고. 새벽은 아직 멀었는데. 쉬지 않고 아버지를 부정해. 더 이상 신전은 몸 밖에는 없어. 이제 낮과 밤은 몸 속에서 만나고. 낮과 밤은 몸 속에서 헤어지고. 신들은 내 몸을 로터스 꽃처럼 먹고 꾸역꾸역 자라. 몸은 구멍투성이야. 신들의 취미는 피어싱. 구멍은 신들의 수유구. 아니면 주유구. 세상은 구멍이야. 만개하는 몸이야. 열리고 닫히는 몸

이원, 『야후!의 강물에 천 개의 달이 뜬다』(2001)

여자는 몸의 물기를 닦는다

목욕탕의 대형 거울이 알몸의 여자를 정면으로 비춘다 여자의 왼쪽 유방이 있어야 할 자리가 납작하다 유방을 들어낸 자리에 가로로 흉터가 나 있다 뜨거운 시간에 닿았었는지 살이 오그라들었다 뜨거운 시간은 밀봉되는지 흉터가 달라붙은 입 같다 두 개의 유방을 가진 여자들은 재잘거린다 힐끔힐끔 여자의 시간을 빨아 먹는다 이내 뱉어버린다 여자는 수건을 들어 몸의 물기를 닦는다 왼쪽 유방이 있던 자리에서 여자의 손이 멈칫한다 여자는 없는 왼쪽 유방이 무겁다 없는 왼쪽 유방이 출렁거린다 유방을 도려낸 시간으로 여자는 뜨겁게 출렁거린다 유방을 남겨둔 시간으로 여자는 차갑게 출렁거린다 펄펄 끓는 손의 기억으로 여자에게 유방이 솟아오른다 오른쪽 유방이 제 그림자를 왼쪽 유방의 자리에 가만가만 드리워준다 왼쪽 유방이 머물던 자리가 불빛을 둥글게 담는다 빛과 어둠으로 빚은 달항아리가 여자의 몸에서 탄생한다

이원, 『불가능한 종이의 역사』(2012)

내 몸속에 잠든 이 누구신가

그대가 밀어 올린 꽃줄기 끝에서
그대가 피는 것인데
왜 내가 이다지도 떨리는지

그대가 피어 그대 몸속으로
꽃벌 한 마리 날아든 것인데
왜 내가 이다지도 아득한지
왜 내 몸이 이리도 뜨거운지

그대가 꽃 피는 것이
처음부터 내 일이었다는 듯이.

김선우, 『내 몸속에 잠든 이 누구신가』(2007)

낯선 피

낯선 피가 몸 안으로 들어왔다

낯선 피와 만나는 몸의 한 지점에
열이 높다
검은 장미는 큰 꽃이 되기 위해 먼저
가시를 지그시 박아 넣는다

낯선 피가 침입하고 있다
열에 들뜬 순간
몸은 그 빛깔을 알 수 없는 꽃을 활짝 피운다

낯선 피는 나쁜 피다

물 밑에 뿌리를 두고 자라는 연꽃처럼
나의 뿌리도
물 밑 어디에 있는지
발걸음은 자주 늪이나 저수지를 향한다

나도 여기 살며시 뿌리를 내려볼까

낯선 피가 올라오고 있다
낯선 피는 물속으로 사람을 끌어당긴다

수면이 뜨거워지고 있다

조용미, 『나의 별서에 핀 앵두나무는』(2007)

젖이라는 이름의 좆

네게 좆이 있다면
내겐 젖이 있다
그러니 과시하지 마라
유치하다면
시작은 다 너로부터 비롯함일지니

어쨌거나 우리 쥐면 한 손이라는 공통점
어쨌거나 우리 빨면 한 입이라는 공통점
어쨌거나 우리 썰면 한 접시라는 공통점

(아, 난 유방암으로 한쪽 가슴을 도려냈다고!
이 지극한 공평, 이 아찔한 안도)

섹스를 나눈 뒤
등을 맞대고 잠든 우리
저마다의 심장을 향해 도넛처럼,
완전 도-우-넛처럼 잔뜩 오그라들 때
거기 침대 위에 큼지막하게 던져진

두 짝의 가슴이,
두 쪽의 불알이,

어머 착해

김민정, 『그녀가 처음, 느끼기 시작했다』(2009)

원피스

한 정거장 먼저 내렸다
원피스가 휘날렸다
물방울이 떨어져 나갈 듯이

한 정거장 지나 내렸다
왔다 갔다 하려던 건 아니다
나는 아무 잘못이 없어요

제발 나를 세워줘요
원피스 속에 갖출 것은 다 갖췄는데
사람들이 날 무시해

너의 물방울은 검은색
너의 물방울은 사라져
너는 물방울도 없이
원피스를 입고 어딜 가니?

단수였어요
그릇을 많이 쌓아두었어요

옥상에서 내려다보면
머리통 다음이 엉덩이
그다음은 없어요

한 바가지 물로
원피스를 빨아서
드라이로 말려서
물방울을 그렸어요

버스를 탔어요
여자들이 횡단할 수 있도록
물방울 맛이 좋도록

이근화, 『우리들의 진화』(2009)

거식증

골격만으로 표정을 짓는 사람을 만나면 연애를 할 테야. 아이스크림처럼 살 살 녹는 너의 살. 살을 모두 발라내고 연애를 할 테야. 날마다의 저녁은 성찬. 은촛대와 접시를 나르는 하얀 머릿수건과 에이프런을 두른 여자들. 그녀들은 달빛 엉덩이를 흔드네. 나풀거리며 우리는 끝도 없이 긴 사각 식탁에 모여 핏물이 덜 빠진 양고기를 씹네. 허기와 요리의 접경인 허리에서 살과 살은 섞이네. 불어나는 허리 아래 뒤축 닳은 구름. 당신의 부피가 죽이는 것들. 당신은 너무 별처럼 헤퍼. 당신이 모은 눈물은 밤마다 화려해서 식도를 토해내는 소화불량. 부드러운 뼈대를 혁대처럼 날려봐. 섬세한 그림자의 각도. 관절마다 따뜻한 어둠의 유배. 골격만으로 울음을 우는 사람을 만나면 연애를 할 테야. 뼈끝에서 비눗방울처럼 톡톡 부서지는 눈물. 뼈와 뼈가 다리를 포개고 뼈와 뼈가 잔을 들고 창을 바라보네. 온몸의 창살은 육질의 우리를 안으로 밀어 넣고 내장 같은 아침을 게우네.

이민하, 『음악처럼 스캔들처럼』(2008)

포스트잇

여성적인 글쓰기에서 '몸'은 중요한 의미를 갖는다. 가부장제 사회의 상징 질서 안에서 여성의 육체는 정치적 통제의 대상이었다. 전통적으로 여성은 신체와 관련되고 남성은 정신과 관련되어 있다는 억압적인 구분도 존재해왔다. 여성의 몸은 성적으로 대상화되거나 모성의 장소로만 생각되었다. 여성의 신체는 가사 노동, 재생산 노동, 돌봄 노동의 도구로서만 인식되기도 했다. 몸의 글쓰기는 이러한 젠더 시스템 안에서 여성의 몸에 가해지는 가시적인 혹은 비가시적인 억압과 폭력에 대한 저항이다. 또한 여성의 신체를 젠더화·사물화하고 하나의 의미로 규정하려는 권력에 대한 거부이기도 하다. 억눌려 있는 몸의 잠재성을 개방하는 것은 미학적·정치적 실천의 의미를 갖는다. 여성적인 시 쓰기의 영역에서 여성의 몸은 새로운 상상력이 작동하는 미지의 창조적인 장소이다. 여성적인 시 쓰기는 몸의 언어와 리듬을 어떻게 재발명하는가의 문제이기도 하다.

김혜순의 「내 안의 소금 원피스」에서 여성의 몸은 그 안에 "염전"을 내재하고 있는 것으로 표현된다. "몸속에서 유전하는 바다의 건축"으로서의 소금을 품은 몸은 그 안에 "소금 원피스 한 벌"을 입은 것으로 비유되며, 여성의 몸은 또 다른 몸의 겹을 갖는다. 소금 원피스를 입는 행위는 몸을 가리는 것이 아니라, 몸의 숨겨진 잠재성을 여는 일이다.

최승자의 「여성에 관하여」에는 죽은 바다처럼 누워 있는 여성의 이미지가 나온다. 여성은 "몸속에 하나씩의 무덤을 갖고 있다." 여성의 몸은 생산성이 완전히 제거된 무덤처럼 황폐한 세계처럼 보이지만, 무덤은 "죽음과 탄생이 땀 흘리는 곳" "탄생의 껍질"과 "죽음의 잔해"가 모두 쌓여 있는 곳으로서, 죽음과 생산이 순환하는 장소이다. 폐허화된 여성의 몸은 모성의 생산성이 제거된 장소이지만, 이 폐허의 몸을 통과하는 것은 새로운 생성의 계기가 된다.

이원의 「몸이 열리고 닫힌다」에서 구멍투성이의 몸은 생물학적 몸이면서 여성적인 몸이고, 웹 브라우저 가동 세계와 연결된 몸의 새로운 잠재성이다. 몸 안에는 오랜 신성神性과 여성성과 웹 브라우저의 세계가 내재되어 있으며, 이 다층적인 몸은 열리고 닫히는 "만개하는 몸"이다.

김선우의 「내 몸속에 잠든 이 누구신가」에서 "내 몸" 바깥에서 '그대'의 꽃 피는 몸은 '나'를 아득하게 하고 떨리게 한다. '그대' 몸의 꽃 핌은 내 몸의 진동으로 전해지며 그렇게 몸은 다른 몸과 연결되어 있고, 꽃 피는 사건은 '그대'의 사건이면서 '나'의 사건이 된다. 하나의 몸의 사건은 사랑으로 연결된 또 다른 몸의 사건이 될 수 있다.

생각의 타래

1. 몸으로 시를 쓴다는 것과 여성적인 시 쓰기의 관계에 대해서 생각해보자.

2. 몸이 내재한 다양한 잠재성을 연다는 것이 어떤 측면에서 해방의 의미를 갖는지 생각해보자.

3. 하나의 몸이 다른 몸으로 변환되거나 다른 몸을 품고 있다는 것을 상상적 언어를 가지고 예를 들어보자.

2부

나

두 마음

1

두 마음 품은 여인
뜰아래 내려설 때
뿌리 패인 빨강 꽃
다시 심어볼 것을
비나 멎건 가라고
냉랭히 이르도다

2

천당 길 가려느냐
지옥 길 가려느냐
숨어질 동굴 없이
저주의 신세 되어
두 마음 품에 품고
천지에 아득인다

김명순, 『애인의 선물』(1928~1930 사이)

인형의 집

1

내가 인형을 가지고 놀 때
기뻐하듯
아버지의 딸인 인형으로
남편의 아내 인형으로
그들을 기쁘게 하는
위안물 되도다

*

노라를 놓아라
최후로 순순하게
엄밀히 막아논
장벽에서
견고히 닫혔던
문을 열고
노라를 놓아주게

2

남편과 자식들에게 대한
의무같이
내게는 신성한 의무 있네
나를 사람으로 만드는
사명의 길로 밟아서
사람이 되고저

3

나는 안다 억제할 수 없는
내 마음에서
온통을 다 헐어 맛보이는
진정 사람을 제하고는
내 몸이 값없는 것을
내 이제 깨도다

4

아아 사랑하는 소녀들아
나를 보아
정성으로 몸을 바쳐다오
맑은 암흑 횡행할지나
다른 날 폭풍우 뒤에
사람은 너와 나

나혜석, 『매일신보』(1921)

자전自轉 2

밤마다 새로운 바다로 나간다.
바람과 햇빛의
싸움을 겨우 끝내고
항구 밖에 매어놓은 배 위에는
생각에 잠겨
비스듬히 웃고 있는 지구
누가 낯익은 곡조의
기타를 튕긴다.

그렇다. 바다는
모든 여자의 자궁 속에서 회전한다.
밤새도록 맨발로 달려가는
그 소리의 무서움을 들었느냐.
눈치채지 않게 뒷길로 사라지며
나는 늘
떠나간 뜰의 낙화가 되고
울타리 밖에는 낮게 낮게
바람과 이야기하는 사내들

어디서 닫혔던 문이 열리고
못 보던 아이 하나가
길가에 흐린 얼굴로 서 있다.

강은교, 『풀잎』(1995)

배꼽을 위한 연가 5

인당수에 빠질 수는 없습니다
어머니,
저는 살아서 시를 짓겠습니다

공양미 삼백 석을 구하지 못하여
당신이 평생을 어둡더라도
결코 인당수에 빠지지는 않겠습니다
어머니,
저는 여기 남아 책을 보겠습니다

나비여,
나비여,
애벌레가 나비로 날기 위하여
누에고치를 버리는 것이
죄입니까?
하나의 알이 새가 되기 위하여
껍질을 부수는 것이
죄일까요?

그 대신 점자책을 사드리겠습니다
어머니,
점자 읽는 법도 가르쳐드리지요

우리의 삶은 모두 이와 같습니다
우리들 각자가 배우지 않으면 안 되는
외국어와 같은 것—
어디에도 인당수는 없습니다
어머니,
우리는 스스로 눈을 떠야 합니다

김승희, 『흰 나무 아래의 즉흥』(2014)

일찍이 나는

일찍이 나는 아무것도 아니었다.
마른 빵에 핀 곰팡이
벽에다 누고 또 눈 지린 오줌 자국
아직도 구더기에 뒤덮인 천년 전에 죽은 시체.

아무 부모도 나를 키워주지 않았다
쥐구멍에서 잠들고 벼룩의 간을 내먹고
아무 데서나 하염없이 죽어가면서
일찍이 나는 아무것도 아니었다

떨어지는 유성처럼 우리가
잠시 스쳐갈 때 그러므로,
나를 안다고 말하지 말라.
나는너를모른다 나는너를모른다.
너당신그대, 행복
너, 당신, 그대, 사랑

내가 살아 있다는 것,
그것은 영원한 루머에 지나지 않는다.

최승자, 『이 시대의 사랑』(1981)

즐거운 일기

오늘 나는 기쁘다. 어머니는 건강하심이 증명되었고 밀린 번역료를 받았고 낮의 어느 모임에서 수수한 남자를 소개받았으므로.

오늘도 여의도 강변에선 날개들이 풍선 돋친 듯 팔렸고 도곡동 개나리 아파트의 밤하늘에선 달님이 별님들을 둘러앉히고 맥주 한 잔씩 돌리며 봉봉 크랙카를 깨물고 잠든 기린이의 망막에선 노란 튤립 꽃들이 까르르거리고 기린이 엄마의 꿈속에선 포니 자가용이 휘발유도 없이 잘 나가고 피곤한 기린이 아빠의 겨드랑이에선 지금 남몰래 일 센티미터의 날개가 돋고……

수영이 삼촌 별아저씨 오늘도 캄사캄사합니다. 아저씨들이 우리 조카들을 많이많이 사랑해주신 덕분에 오늘도 우리는 코리아의 유구한 푸른 하늘 아래 꿈 잘 꾸고 한판 잘 놀아났습니다.

아싸라비아
도로아미타불

최승자, 『즐거운 일기』(1984)

새가 되려는 여자

꿈속에서 울어본 적 있나요
너무 울어서 잠에서 깨어났는데도
저 바다 밑 깊은 곳에서
윙윙 목소리가 올라오는 것처럼
아무도 내가 부르는 소리
못 알아듣던, 그런 적 있었나요

꿈속에서 도망친 적 있나요
올라가도 올라가도 어딘가
도착하지는 않은 적 있었나요
꿈속에선 늘 갔던 곳인데
내려가는 에스컬레이터를 타고
올라가는 것처럼 그렇게
힘든 적 있었나요 그런 적 있었나요

그러다가 그러다가
그만 당신에게 덥석
잡아먹힌 적 있었나요
이상하지요

당신이 날 잡아먹었는데
내가 당신 속에 있는 것이 아니라
당신이 내 속에 날아든 것 같았어요
당신의 얼굴이 새처럼 작아지고
그 새가 내 몸속을 날아다녔지요

내 심장 기슭에 올라앉아 그 가느다란 손가락으로
핏줄을 움켜쥐더니 정맥의 강가에 열꽃을 피웠지요

이상하지요
그 작은 새가 내 몸속을
덩굴 식물처럼 감아버릴 수 있다니
숨이 차요 당신이 내 몸에서
산소를 다 마셔버렸나 봐요
너무너무 숨이 차면 부웅 날아오를 수 있다는 거
아셨나요

그런데 참 꿈속에서 새가 된 적 있었나요
눈알이 쏟아질 듯 불거지고

쪼그려 앉은 무릎이 펴지지 않던 적 있었나요
무엇보다 날개가 돋으려는지
휘젓는 팔이 한없이 펄럭거린 적 있었나요

아무래도 내가 새가 되려는가 봐요

김혜순, 『한 잔의 붉은 거울』(2004)

다시, 십 년 후의 나에게

십 년 후의 나에게, 라고 시작하는
편지는 그보다 조금 일찍 내게 닿았다

책갈피 같은 나날 속에서 떠올라
오늘이라는 해변에 다다른 유리병 편지
오래도록 잊고 있었지만
줄곧 이곳을 향해 온 편지

다행히도 유리병은 깨어지지 않았고
그 속엔 스물다섯의 내가 밀봉되어 있었다
스물다섯 살의 여자가
서른다섯 살의 여자에게 건네는 말
그때의 나는 첫아이를 가진 두려움을 이렇게 쓰고 있다
나는 한 마리 짐승이 된 것 같아요, 라고
또 하나의 목숨을 제 몸에 기를 때만이
비로소 짐승이 될 수 있는 여자들의 행복과 불행,
그러나 아이가 태어나 자란 만큼 내 속의 여자들도 자라나
나는 오늘 또 한 통의 긴 편지를 쓴다
다시, 십 년 후의 나에게

내 몸에 깃들여 사는 소녀와 처녀와 아줌마와 노파에게
누구에게도 길들여지지 않는 그 늑대여인들에게
두려움이라는 말 대신 사랑이라는 이름으로

책갈피 같은 나날 속으로,
다시 심연 속으로 던져지는 유리병 편지
누구에게 가 닿을지 알 수 없지만
줄곧 어딘가를 향해 있는 이 길고 긴 편지

나희덕, 『어두워진다는 것』(2001)

엄마와 내가 아직 이 세상에 오지 않았을 때

손톱달 뼈에 나란히 걸터앉아 물었지

이렇게 작고 연한데 어떻게 엄마가 되려고 해?

바보
말랑말랑한 콩알을 알아버렸잖아

콩알?

넌 몰라도 돼
다음 생이 끝날 때까지

손톱달엔 엄마와 나
단둘이었다

삐걱삐걱 소리가 났다
젖어 있었다

푸른색이 연해지자

안겨 있었다

자장자장

엄마와 내가 함께 흔들린
마지막 순간이었다

이원, 『사랑은 탄생하라』(2017)

삼베옷을 입은 자화상

폭우가 쏟아지는 밖을 내다보고 있는
이 방을 능우헌凌雨軒이라 부르겠다
능우헌에서 바라보는 가까이 모여 내리는
비는 다 직립이다
휘어지지 않는 저 빗줄기들은
얼마나 고단한 길을 걸어 내려온 것이냐

손톱이 길게 쩍 갈라졌다
그 사이로 살이 허옇게 드러났다
누런 삼베옷을 입고 있었다
치마를 펼쳐 들고 물끄러미 그걸 내려다보고 있었다
내가 입은 두꺼운 삼베로 된 긴 치마
위로 코피가 쏟아졌다
입술이 부풀어 올랐다
피로는 죽음을 불러들이는 독약인 것을
꿈속에서조차 너무 늦게 알게 된 것일까

속이 들여다보이는 창窓봉투처럼
명료한 삶이란

얇은 비닐봉지처럼 위태로운 것
명왕성처럼 고독한 것

직립의 짐승처럼 비가 오래도록 창밖에 서 있다

조용미, 『삼베옷을 입은 자화상』(2004)

아담의 사과

자, 가져.

그는 얼굴을 뒤로한 채 부끄러운 듯 주먹을 내밀었고
그래서 기꺼이
나도 손바닥을 내밀었던 것이었으나

(이건 뭐지)

파란 사과에 머리를 얻어맞고 기절을 해버린 것 같다.

*

머릿속에는 사과알이 성가시게 박혀 있다.

나는 사과껍질을 머리에 둘러 묶은 채
무슨 입시를 준비하는 것처럼 고군분투를 하고 있구나.
나의 세계가 구멍 날 것만 같구나.

구멍에 구멍을 뚫어

허공에 단단히 고정시키는 기술을 익히면 좋겠는데.

구멍의 구멍에서
실없는 미소가 흘러나오면 좋겠는데.

*

그럼, 가져.

그는 손을 뒤로한 채 나의 얼굴에
의미심장한 미소를 던질 계획인지도.

나의 얼굴이 구멍인 것처럼.

벌레 먹은
사과인 것처럼.

신해욱, 『syzygy』(2014)

바깥 풍경

1

강의 상류에 살았다
살았지만 더러웠다 시작답지 않게
첫발부터 진창이었다

딴 아이들 놀다
돌아오는 먼 하구
강물 위로 공장의 그림자가
진다고 했다 그 어디쯤

아버지 무얼 낚고 계실까
소문만 무성하던 금빛 고기떼
어디로 갔는지, 흐르는 폐수 사이
언뜻 본 듯 만 듯

2

유년의 깨진 창틈으로 할머니

들어오신다

망할 년, 밤에 무슨 휘파람이야
뱀 나오라구요 뱀아 제발
나오렴 독 품은 이빨로 뒤꿈치 좀 물어줘

당신이 던진 술병에
아침
산산이 빛나던 마당의 햇빛

3

엄마 일하러 갔다 나만 남기고
일렬종대로 서봐, 동생들 구령을 붙였다
하나
둘
셋
엄마 가슴에 훈장처럼 매달려 있어야 해

우리 모두 명예롭게

퐁당퐁당 돌을 더언지자, 돌멩이 같은 동생들
누이 몰래 던져졌으면, 몹쓸

계집애 넌 큰언닌데
걱정 말아요 다시는 수면 위로 못 떠올라도
매달고 가라앉아 그 애들

엄, 마, 제, 발, 독, 촉, 하, 지, 마, 세, 요,
슬쩍 훔겨보면 강풍에도 플라스틱 꽃처럼
잎사귀 하나 떨구지 않던 어머니, 이상도 하지
내 어린 숨결에도 시드시네

4

어디로 숨어야 할까, 나는
자꾸 기어 들어갔다

동화책 크기만 한 꿈속으로

집에 꽂힌 책은 다 읽었다 단 세 권만
읽혀지지 않았다 아버지, 엄마
아버지의 엄마
아무 때나 덮고 치울 수 있다면

이제 나는
숨을 곳도 없는 스물세 살
오래도록 보고 있으면 눈물 났다
풍경, 내 마음의 바깥

진은영, 『일곱 개의 단어로 된 사전』(2003)

나에게

하얀 소녀의 가슴처럼 머뭇거리며
조금씩 볼록해지는 의문들

아무 일도 일어나지 않아
슬프고 흐릿한 오후들이여 안녕
금관악기들의 아름다운 구멍들이여 안녕
닫힌 책의 검은 표지들이여 안녕

뜨거운 빵의 흠집 없는 표면들이여 안녕
갈라지는 틈에서 태어나는 감각들
모닥불 위에 놓인 거북의 껍질처럼

딱딱한 책을 태워라
무엇인가 점쳐라
우연을 사랑하라

책 속의
불은 꺼졌다
난로 위에 무엇을 올렸는지 기억하지 마라

주사위는 던져졌다
의미보다 넓은 말 — 무성한 풀밭 위에
숫자는 숨겨졌다 유황냄새로 숲을 감싸고
진동의 발명가가 돼라

마지막 시를 달라
이 사물은 미학적으로 낡았지만 마음을 이동시킨다
저곳에서 이곳으로

흔들리는 물그릇같이 젖는 시인
늘 폐허로 돌아오는 사람
부서진 벽 너머 길게 펼쳐진 하늘 깃털을 좋아하는 사람
파란 깃털들이 천천히 내려앉는다
재스민 지뢰, 들장미넝쿨의 낡은 탱크 위에
여자와 아이들의 구멍 난 얼굴 위에
깨진 목욕통에
가득 채울 물의 표정을 달라

실패한 시인

실패한 혁명

불꽃

분홍 플라스틱의 고약한 연기 속에서

다시 실패하라 더 잘 실패하라*

물속의 불꽃들

진은영, 『우리는 매일매일』(2008)

* Samuel Beckett. *Nohow On*. 1989.

요조숙녀

세탁부와 청소부의 사랑을 먹고 자라서
나는 정물의 세계에 고용되었다

아버지의 빗자루와 어머니의 다리미와
부드러운 맨손이 번갈아 지나가는

규칙적인 손놀림과
척추를 구부려 채찍질하는 인사법 속에서
나는 어디까지 공손해질 수 있는가

사물에 대한 예의를 베끼고
기다림의 대가를 외우고

몸이 다른 종족을 감싸며
기꺼이 한몸이 될 수 있을 것 같다

공원에 단정히 앉아 있는 나무 벤치처럼
옷걸이에 걸린 세탁소의 낡은 셔츠처럼
늘 새롭게 접혀 있는 모텔 선반 위의 수건처럼

벗은 몸을 세탁하고 누워
꽉 폈다가 힘없이 늘어지다가
각이 지게 접으면서 하얗게 잠들었다

나무관절 사이로 비가 내려 혼자서 젖는 날에도
계절이 바뀌도록 비닐커튼에 싸여 숨 막히는 날에도
길 위의 하룻밤이 여행에서 쓸모없어진 날에도

이민하, 『세상의 모든 비밀』(2015)

포스트잇

시는 일반적으로 일인칭 고백의 장르지만, 여성적인 시 쓰기에서 일인칭 문제는 다른 미학적 · 정치적 문제와 연관된다. 일인칭의 글쓰기는 자기의 진실성과 정체성을 드러내는 문제로 인식되었고, 재래적인 한국 시에서 일인칭은 대개 젠더에 대한 문제의식을 포함하지 않았다. 시에서 일인칭의 문제를 근본적으로 다시 생각하는 지점에서 다른 '나'의 존재, 다른 일인칭 시 쓰기의 잠재성이 열릴 수 있다.

먼저 서정시에서 단일한 목소리를 만들어내던 '나'는 누구이며 어디에 있는가? 혹은 '나'를 '나'라고 말할 수 있는 것은 누구인가?라는 질문이 시작될 수 있다. 관습적으로 규정된 일인칭의 정체성과 자기동일성이 상징 질서와 젠더 시스템에서 비롯된 것이 아닌가 하는 의문을 가질 수도 있다. 여성이 '나'의 문제를 생각한다는 것은, '나'를 구성하는 사회적 요인들을 드러내고 '나'의 다른 잠재성을 상상하는 문제이다. 그 과정에서 일인칭 자기동일성의 권위와 독점성이 무너지는 분열적인 세계가 나타날 수 있다. 주체와 대상이 명확히 구분되는 세계가 아니라, '나'와 '너'와 '그'의 세계가 뒤섞이기도 한다. '나'는 이미 '너'와 '그'의 일부이거나, '너'와 '그'는 '나'의 일부가 된다. 일인칭은 이인칭, 삼인칭을 향해 개방되기도 하고, 그 안에서 분열되기도 한다. 일인칭은 이미 주어진 정체성을 확인하는 자리가 아니라, 다른 '나'를 찾아가는 모험의 여정이 되는 것이다.

나혜석의 「인형의 집」에서 '나'는 "아버지의 딸인 인형" "남편의 아내 인형"으로 그들의 "위안물"이 되었던 '노라'의 삶을 거절하고, '사람'으로서의 삶을 선언한다. 그 선언은 "사랑하는 소녀들"을 향한 계몽적 절규의 색채를 띠고 있다.

강은교의 「자전 2」에서 "밤마다 새로운 바다로 나"가는 시간은 "지구"의 시간이면서 "모든 여자의 자궁 속에서 회전"하는 바다의 시간이다. 그것은 "떠나간 뜰의 낙화"가 되는 '나'의 시간이며, "길가에 흐린 얼굴로 서 있"는 "못 보던 아이"의 시간이기도 하다.

최승자의 「일찍이 나는」에서는 "일찍이 나는 아무것도 아니었다"라는 선언을 통해 자신의 기원을 근원적으로 부정한다. "아무 부모도 나를 키워주지 않았다"라는 고백은 '나'의 기원을 부정함으로써 '나'의 정체성을 규정해왔던 상징 질서를 무너뜨리는 시적인 파괴력을 보여준다.

나희덕의 「다시, 십 년 후의 나에게」에서 '나'는 미래의 나에게 편지를 쓴다. 그 편지는 여성으로서의 '나'의 삶을 기록하고 미래의 '나'에게 보내는 편지이면서, "내 몸에 깃들여 사는 소녀와 처녀와 아줌마와 노파에게" 전하는 말이다. 여성으로서의 '나'는 여러 겹의 생의 시간대를 동시에 품고 있는 존재이다.

생각의 타래

1. 시에서 일인칭 '나'는 과연 하나의 존재인가? 시 쓰기가 '나'를 찾아가는 과정이면서 동시에 '나'로부터 벗어나 '나'를 확장하는 과정이라는 점에 대해 생각해보자.

2. 여성적인 글쓰기에서 일인칭의 글쓰기는 어떤 의미를 갖고 있는지, 일반적인 일인칭 글쓰기와의 차이점에 대해 예를 들어보자.

3. 일인칭의 언어 안에서 분열을 겪는 경험과 다른 인칭과 뒤섞이는 과정에 대해 상상적인 언어를 만들어보자.

3부

사랑

들리지 않는 노래

날개와 발톱이 있다면
당신은 새-여자

꼬리와 지느러미가 있다면
당신은 물고기-여자

몸이 조금씩 변해가는 줄도 모르고 있다가
어느 날 물에 비친 모습을 보았지
당신은 머리를 빗어 내리며 노래를 불렀지

물거품처럼 떠가는 노래
오래전 당신이 부르던 노래
아기를 업어 재우며 부르던 노래
슬픔의 베틀 앞에 앉아 부르던 노래

피에서 솟구친 노래는 어떻게 떨어져 내리나
모래언덕을 잃어버린 파도는 어떻게 출렁거리나

사랑을 잃고

그 때문에 목소리마저 잃은 당신
침묵이 가장 무거운 그물이라는 것을 알아차린 이도 있었지

더 이상 노래를 부르지 않아도
나는 당신이 누구인지 한눈에 알아볼 수 있지

낡은 거푸집을 헤치고 날아오르느라
날개가 부러진 흔적이 있다면
당신은 새-여자

찢긴 지느러미를 지니고 있다면
당신은 물고기-여자

나희덕, 『말들이 돌아오는 시간』(2014)

안녕히,

이 햇빛 속에 이제
그녀는 없다.
햇빛보다 훨씬 강한 것이
그녀를 데려갔다.

이제 더 이상 더 그녀를 저버리지 않아도 된다.
내가 너무 저버려서
그녀는 모든 곳에 있고
어디에도 없다.

저를 용서하세요.
당신이 이해할 수 없었던 것들,
당신을 이해할 생각도 없었던 것들,
무례하고 매정한 것들을.

그녀는 아무것도 가진 것이 없었다.
그녀가 무엇을 좋아했을까?
그녀에게 쥐어드려야 했던 것이 무엇이었을까?
아, 나도 무엇 하나 가진 것이 없었다.

마음조차도. 그녀에겐 마음이 있었는데,

그녀가 빈손을 맥없이 뻗어
죽음은 그녀의 손을 꼭 쥘 수 있었다.
아무도 잡아주지 않은 텅 빈 손으로
당신은 그 손을 꼬옥 쥐었다.

안녕히, 안녕히, 안녕히,
가세요.

황인숙, 『나의 침울한, 소중한 이여』(1998)

이름 모를 소녀

이제,
이름 모를
사람이 없네
뉘신지 당신이
당최 궁금치 않네

이름 모를 거리가 없네
어디에서건 그곳이
대강 어딘지, 무슨 동洞인지
절로 알 만큼 한 도시에
오래도 살았기에

맹랑하지도 허무하지도
간질간질하지도 않은
하루, 또 하루

라디오에서 흘러나오는
흘러간 가요
'버들잎 따다가 쓸쓸히 바라보는'

가슴을 저미네
알 수 없는 것투성이고
매사 서툴렀던
흘러가버린 시절
아뜩히 밀려오네

황인숙, 『못다 한 사랑이 너무 많아서』(2016)

불우한 악기

불광동 시외버스터미널
초라한 남녀는
술 취해 비 맞고 섰구나

여자가 남자 팔에 기대 노래하는데
비에 젖은 세간의 노래여
모든 악기는 자신의 불우를 다해
노래하는 것

이곳에서 차를 타면
일금 이천 원으로 당도할 수 있는 왕릉은 있다네
왕릉 어느 한 켠에 그래, 저 초라를 벗은
젖은 알몸들이
김이 무럭무럭 나도록 엉겨 붙어 무너지다가
문득 불쌍한 눈으로 서로의 뒷모습을 바라볼 때

굴곡진 몸의 능선이 마음의 능선이 되어
왕릉 너머 어디 먼 데를 먼저 가서
그림처럼 앉아 있지 않겠는가

결국 악기여
모든 노래하는 것들은 불우하고
또 좀 불우해서
불우의 지복을 누릴 터

끝내 희망은 먼 새처럼 꾸벅이며
어디 먼 데를 저 먼저 가고 있구나

허수경, 『혼자 가는 먼 집』(1992)

혼자 가는 먼 집

당신……, 당신이라는 말 참 좋지요, 그래서 불러봅니다 킥킥거리며 한때 적요로움의 울음이 있었던 때, 한 슬픔이 문을 닫으면 또 한 슬픔이 문을 여는 것을 이만큼 살아옴의 상처에 기대, 나 킥킥……, 당신을 부릅니다 단풍의 손바닥, 은행의 두 갈래 그리고 합침 저 개망초의 시름, 밟힌 풀의 흙으로 돌아감 당신……, 킥킥거리며 세월에 대해 혹은 사랑과 상처, 상처의 몸이 나에게 기대와 저를 부빌 때 당신……, 그대라는 자연의 달과 별……, 킥킥거리며 당신이라고……, 금방 울 것 같은 사내의 아름다움 그 아름다움에 기대 마음의 무덤에 나 벌초하러 진설 음식도 없이 맨 술 한 병 차고 병자처럼, 그러나 치병과 환후는 각각 따로인 것을 킥킥 당신 이쁜 당신……, 당신이라는 말 참 좋지요, 내가 아니라서 끝내 버릴 수 없는, 무를 수도 없는 참 혹……, 그러나 킥킥 당신

허수경, 『혼자 가는 먼 집』(1992)

그녀, 요나

어쩌면 좋아요
고래 뱃속에서 아기를 낳고야 말았어요
나는 아직 태어나지도 못했는데
사랑을 하고야 말았어요

어쩌면 좋아요
당신은 나를 아직 다 그리지도 못했는데
그림 속의 내가 두 눈을 달지도 못했는데

그림 속의 여자가 울부짖어요
저 멀고 깊은 바다 속에서 아직 태어나지도 못한
그 여자가 울어요 그 여자의 아기도 덩달아 울어요
두 눈을 뜨고 당신을 보지도 못했는데 눈물이 먼저 나요

(나는 아직 태어나지 않은 게 분명하지요?
그러니 자꾸만 자꾸만 당신이 보고 싶지요)

오늘 밤 그 여자가
한번도 제 몸으로 햇빛을 반사해본 적 없는 그 여자가

덤불 같은 스케치를 뒤집어쓰고
젖은 머리칼 흔드나 봐요
이파리 하나 없는 숲이 덩달아 울고
어디선가 보고 싶다 보고 싶다 함박눈이 메아리쳐와요

아아, 어쩌면 좋아요?
나는 아직 태어나보지도 못했는데
나는 아직 두 눈이 다 빚어지지도 못했는데

김혜순, 『한 잔의 붉은 거울』(2004)

하얀 해변

소녀의 노래와 소년의 노래를 어떻게 구별하나요?
뗄 수 없는
눈빛과 입술처럼

소년은 더 아름답고
소녀는 더 아름다워요
우리가 노래할 때
이 세계의 아기들은 어떻게 태어나나요?

아기들은
가볍고
고통스러워요

해변을 함께 걷는다는 것은 나와 너에게 무슨 의미일까요?
하나씩 둘씩 지워지기 시작할 때

소녀가 소녀에게
소년이 소년에게
가까워질 때

우리의 미움이 끝까지 지양되는 동안에
반짝이며 부서지는 이빨이란 무엇일까요?
그 세찬 물결은

김행숙, 『이별의 능력』(2007)

첫사랑

소년이 내 목소매를 잡고 물고기를 넣었다
내 가슴이 두 마리 하얀 송어가 되었다
　　　　　세 마리 고기떼를 따라
푸른 물살을 헤엄쳐갔다

진은영, 『일곱 개의 단어로 된 사전』(2003)

네가 소년이었을 때

잡혀간 소녀와 작은 창문과 마술팽이를 좋아했다
여러 색의 가짜이름, 사과식초와
조금 슬픈 노래에도 부서지는 뗏목들을 좋아했다
눈감고 나무계단을 뛰어 내려가는 것
삐걱이는 소리는 얼마나 아름다운지

대마왕과 석유전쟁을, 변명을 싫어했다
얼음별이 노란 양털담요 위에 떨고 있었다
낡은 동전들이 물방울 소리를 내며
고장 난 분수대로 쏟아졌다

네가 소년이었을 때
네가 따준 자두가 먹고 싶었을 때
검은 물방울무늬 원피스 아래 돌처럼 무거운 가슴이 없었을 때

소녀가 소녀를 사랑했을 때
소년이 소년을 사랑했을 때
엄지와 검지 사이

이상한 불꽃을 쥐고 있었을 때
누런 시험지의 커다란 괄호들을 다 태워버렸을 때
붉은 집의 페인트공이 되고 싶었을 때
전쟁과 지나가는 여름의 차가운 피부에
불붙은 속옷을 껴입었을 때

진은영, 『우리는 매일매일』(2008)

신경쇠약 직전의 여자들

턱을 괸 채 커피 잔을 만집니다 식은 커피와 검고 우울한 음악 축축한 발자국이 가득한 2층 카페 여대 앞이라 이렇게 여자들만 있는 건 아닐 텐데 누구나 그렇듯이 비 때문에 외로운 게 아니고 누구나 그렇듯 우기라서 모든 약속이 꼬여버린 건 아닙니다 마구 엉켜버린 타래의 엉뚱한 실을 잡아당기듯 취소는 가능하고 내겐 아직도 약간의 치기가 남아 있습니다

대체 이 신비한 냄새는 뭘까? 손바닥으로 얼굴을 가린 사이 밝은 공기가 일렁거립니다 햇빛이 쏟아지는 정원에서 범람하는 장미 넝쿨에 둘러싸였습니다 나는 실눈을 뜬 채 실금처럼 번지는 향기에 흔들립니다 눈을 감았다 뜨는 짧은 순간 여름 저녁의 빛과 냄새가 바뀌었습니다

내 마음 그대만 알아요 연분홍 장미 들판이 지나갑니다 내 곁을 스쳐 조심스레 발을 디디는 저 청년은 장미꽃 한 다발 안았습니다 흰 셔츠에 수줍어하는 표정입니다 저것도 곧 시들겠지만 고요히 펼쳐지는 유월의 장미 정원을 따라 나도 숨죽여 갑니다 창가의 사랑스럽고 새침한 숙녀에게 장미꽃을 내미는 청년은 떨고 있네요

장미 넝쿨 흰 울타리 너머 고라니가 울었지요 이제 곧 슈퍼문이 뜰 거야 최고로 환한 달 말이야 당신은 그럴 리 없다 했지

만 소름 끼치게 크고 괴기한 그 소리는 고라니가 맞았어요 네 목소리는 너와 판이하구나 절규 아니면 비명뿐이군 제발 입 좀 다물고 사랑을 나누자 냄새가 참 좋아

창가 새침한 숙녀가 의자에서 일어납니다 전혀 웃지 않네요 예상을 뒤엎고 장미 들판을 던지며 소리 지릅니다 청년의 고백은 낙원의 파탄 일순간 카페 안은 정지된 화면입니다 빗물이 우울을 모르듯 장미는 구애를 모릅니다 정신을 딴 데 팔아봐요 꿈꾸기 시작해요 사랑이라 틀리게 일컫는 감정 따위 담는 맥 빠지는 일 없이

김이듬, 『히스테리아』(2014)

포스트잇

사랑에는 '에로스'적인 것을 포함하여 여러 층위가 있으나, 근대 이후 문제 되는 것은 '낭만적 사랑'이라는 개념이다. 연애의 발명은 근대적 개인의 탄생과 밀접하게 연관되어 있다. 낭만적 사랑은 자유연애와 일부일처제 결혼 이데올로기를 떠받치고 있는 중요한 이념이다. 사랑의 감정은 자유롭고 자율적인 것이며, 이것에 기초한 이성애적 결혼 이데올로기는 '정상'적인 것으로 간주된다. 하지만 자유연애의 사회적 장에서 남성과 여성이 똑같은 선택의 자율성을 누리는 것은 아니었으며, 이 선택과 사랑의 욕망조차 상징 질서와 규율 권력으로부터 자유롭지 못한 것이었다. 남녀 간의 완벽하게 조화로운 사랑이 가능할 것이라는 환상은 사랑을 둘러싼 젠더 시스템의 불균형을 은폐한다. 또한 동성애적인 사랑을 포함한 탈제도적인 사랑에 대해서는 비정상이라는 낙인을 부여하여, 사랑의 예측 불가능한 에너지를 상징 질서와 결혼 제도 안에 포섭한다.

사랑에 관한 열정은 사회 시스템에 의해 규제받는 사회적 산물인 동시에, 제도적인 삶의 지배를 거부하는 '반사회적인' 은밀한 영역이다. '연애 시'는 근대 이후 서정시의 한 전형으로서 '님의 부재'라는 상황을 설정하고 연출한다. '당신의 부재'는 지속 가능한 사랑이 불가능함을 말해주는 것이면서, 사랑의 장애물을 설정함으로써 사랑의 근원적인 불가능성을 은폐하는 것이기도 하다. 여성적인 시 쓰기의 자리에서 사랑은 서정시의 일반적인 정서를 이루는 낭만적 사랑의 환상을 한편으로 전유하고, 다른 한편으로 정상적이고 조화로운 사랑이라는 환상을 파괴한다. 이를 통해 낭만적 사랑이라는 환상과 젠더 시스템 바깥에서 다른 사랑의 시간과 리듬을 시험한다.

나희덕의 「들리지 않는 노래」에서 “사랑을 잃고 / 그 때문에 목소리마저 잃은 당신”은, 사랑의 사건으로 인해 노래할 수 없는 상처와 결핍을 갖게 된 존재이다. 하지만 이 여성적인 존재는 더 이상 노래할 수 없게 된 상황에도 불구하고 “낡은 거푸집을 헤치고 날아오르”는 존재, “새-여자” “물고기-여자”로서의 다른 잠재성을 갖게 된다.

허수경의 「혼자 가는 먼 집」에서 ‘당신’이라는 이름은 “내가 아니라서 끝내 버릴 수 없는, 무를 수도 없는 참혹”이다. 당신이라는 이름은 “참 좋지”만, 한편으로는 ‘내’가 아니기 때문에 참혹한 대상이다. ‘당신’이라는 이름 속에 이미 사랑의 불가능성이 내재해 있지만, 시는 “킥킥”이라는 의성어가 조성하는 놀랍도록 천진스럽고 명랑한 리듬으로 “혼자 가는 먼 집”이라는 불우한 시간을 다른 시간으로 전환한다.

진은영의 「첫사랑」에서 지나간 시절의 사랑의 사건은 환상적이면서도 에로틱한 이미지로 압축된다. 이 간명한 이미지들은 그 첫사랑의 시간을 과거의 어느 한 시간대에 가두어 두는 것이 아니라, “하얀 송어”가 푸른 물살을 헤엄쳐 나아가는 미지의 시간으로 옮겨놓는다.

생각의 타래

1. 보편적인 사랑의 개념과 낭만적 사랑이라는 개념의 차이에 대해 생각해보자.

2. 여성적인 시 쓰기에서 낭만적 사랑은 어떻게 전유되고 전복되는지 예를 들어보자.

3. 사랑이 존재를 바꾸는 사건이라고 한다면, 시 안에서 여성적인 존재가 사랑이라는 사건을 통해 다른 존재가 되는 경험을 생각해보자.

4부

시간

놓았거나 놓쳤거나

내가 속해 있는 대낮의 시간
한밤의 시간보다 어두울 때가 있다
어떤 날은 어안이 벙벙한 어처구니가 되고
어떤 날은 너무 많은 나를 삼켜 배부를 때도 있다
나는 때때로 편재해 있고
나는 때때로 부재해 있다
세상에 확실한 무엇이 있다고 믿는 것만큼
확실한 오류는 없다고 생각한 지 오래다
불꽃도 타오를 때 불의 꽃이라서
지나가는 빗소리에 깨는 일이 잦다
고독이란 비를 바라보며 씹는 생각인가
결혼에 실패한 것이 아니라 이혼에 성공한 것이라던
어느 여성 작가의 당당한 말이
좋은 비는 때를 알고 내린다고 내게 중얼거린다
삶은 고질병이 아니라 고칠 병이란 생각이 든다
절대로 잘못한 적 없는 사람은
아무 일도 하지 않은 사람뿐이다
언제부터였나
시간의 넝쿨이 나이의 담을 넘고 있다

누군가가 되지 못해 누구나가 되어
인생을 풍문 듣듯 산다는 건 슬픈 일이지
돌아보니 허물이 허울만큼 클 때도 있었다
놓았거나 놓친 만큼 큰 공백이 있을까

천양희, 『새벽에 생각하다』(2017)

모래 여자

모래 속에서 여자를 들어 올렸다
여자는 머리털 하나 상한 데가 없이 깨끗했다

여자는 그가 떠난 후 자지도 먹지도 않았다고 전해졌다
여자는 눈을 감고 있었지만
숨을 쉬지도 않았지만
죽지는 않았다

사람들이 와서 여자를 데려갔다
옷을 벗기고 소금물에 담그고 가랑이를 벌리고
머리털을 자르고 가슴을 열었다고 했다

그가 전장에서 죽고
나라마저 멀리멀리 떠나버렸다고 했건만
여자는 목숨을 삼킨 채
세상에다 제 숨을 풀어놓진 않았다
몸속으로 칼날이 들락거려도 감은 눈 뜨지 않았다

사람들은 여자를 다시 꿰매 유리관 속에 뉘었다

기다리는 그는 오지 않고 사방에서 손가락들이 몰려왔다

모래 속에 숨은 여자를 끌어 올려
종이 위에 부려놓은 두 손을 날마다
물끄러미 내려다보았다
낙타를 타고 이곳을 떠나 멀리 도망가고 싶었다

꿈마다 여자가 따라와서
감은 눈 번쩍 떴다
여자의 눈꺼풀 속이 사막의 밤하늘보다 깊고 넓었다

김혜순, 『당신의 첫』(2008)

처녀처럼

이 사진을 보세요.
젊고, 이리도 예쁘잖아요?
난 이제
이렇게 못 웃어요.

꽃들은 긴장 때문에 시들어요.
싱싱한 장미꽃은
얼마나 관자놀이가 욱신거릴까요?

꽃들이 해마다 피고 지는 건
잘하는 짓이에요.

기억들을 저버릴 수 있다면
나는 다시
피어날 거예요.

황인숙, 『슬픔이 나를 깨운다』(1994)

그해 사라진 여자들이 있다

그해 들판에는 꽃이 유난히도 많이 피고 꽃 진 자리에서는 잎도 무성하게 돋아 나오다 잎은 오랫동안 가지에 달려 있고 그 아래에서 소들은 잘 쉬다 염소에게 말을 걸고 장난을 치던 토끼는 연둣빛 풀을 배불리 먹고 작은 토끼를 낳고 들판을 아가 토끼와 걸어 다니다 여자들은 아가 토끼를 사랑하여 그 옆에서 책을 읽고 수를 놓다 가지고 온 점심 도시락을 열어 까르르거리며 맑은 장아찌를 흰밥에 올려 먹다 그리고 그해 들판에는 해도 자주 나와서 여자들의 등을 만져주다 여자들은 해를 껴안고 깊이 잠이 들기도 하다 바람이 지나갈 때 잠깐 깨어나서 눈을 부비다 구름은 나즉하고 하늘은 깊다 저 멀리서 들려오는 비행기 소리는 이 세상 소리가 아닌 것처럼 맑다 여자들은 다시 눈을 감으며 멀리 잠이 들다 그해 사라진 여자들이 있다 그해 들판에서 많은 짐승들이 평안할 동안 멀리 잠이 든 것처럼 사라진 여자들이 있다

허수경, 『청동의 시간, 감자의 시간』(2005)

입맞춤

— 사춘기 2

선일여자고등학교 2층 복도 같은 복도입니다. 그런 복도라면 나는 복도 위의 복도와

복도 아래의 복도를 미끄러질 수 있습니다. 우리들은 대걸레를 밀며 달려갔다 달려왔지요. 그런 복도라면 어느 쪽도 이쪽이어서 우리들은 계단을 함부로 오르내렸지요.

여자애가 화장실에서 치맛단을 접고 나올 때는 말입니다, 무릎이 보일 듯 말 듯 했지만요, 이쪽과 이쪽 사이에서 못 할 말이 뭐 있겠습니까? 우리는 생각보다 참 욕도 잘했고

참 쉽게 웃기도 잘했습니다. 창문에 붙어서 우리는 창문만 닦았고, 그런 복도라면 우리는 복도 위의 복도와 복도 아래의 복도에서 창문만 닦겠지만,

정말 뭐가 더 잘 보였겠습니까? 어쩌면 선일여자고등학교 2층 복도 같은 복도입니다.

김행숙, 『사춘기』(2003)

소녀들
— 사춘기 5

여자애들은 모두 즐거워 보였다. 열두 살이 되면,

좋아하는 상점이 생길 거라고 말해주었다. 너희는 매일 상점에 들러서 몇 가지 물건을 쓰다듬을 거야. 그때의 기분과 손길을 잘 기억해두렴.

열네 살이 되면, 그렇게 백번 만지고 몇 가지 물건을 사는 동안 열네 살이 된 여자애를 친구로 사귀겠지. 너흰 둘 다 상점에서 물건을 훔친 경험이 있지.

이제는 전부 시시해졌어, 그 애가 울면서 말할 거야. 쓰다듬어주렴. 좋은 친구는 아주 부드러워.

기억할 것들이 생기지. 열두 살이 되면,

열네 살이 되면, 나뭇잎을 떨어뜨릴 만큼 깔깔깔 웃기도 했지만

김행숙, 『사춘기』(2003)

동시에

그녀는 책장을 넘기고 있었고
남자가 문 열린 차를 타고 벼랑으로 내달았고
고양이가 식탁 위의 커피 잔을 건드렸고
양탄자가 약간 들썩거렸고
고장 난 시계 초침이 열두 번을 돌았고
소년은 마라톤 결승 테이프를 끊었고
그녀는 행운을 빌었으나
양손이 쪼글쪼글해지고
머리칼이 가늘어지고
커피는 쏟아졌고 양탄자는 젖지 않았고
남자가 녹색 지붕 아래 비행하는 순간

하재연, 『라디오 데이즈』(2006)

수요일의 속도

한 남자는 달리고 한 여자는 춤춘다. 달리고 춤추고 웃을 때 거리는 끝이 없고 나무는 자란다. 나무가 자랄 때 빛이 있고 그늘이 있고 피로가 있고 입김이 있고 구름이 있고 노을이 있고 기억이 있어 순간의 망각이 풀잎 위에 그림자를 만들고 순간의 불꽃이 노란 고무공을 튕긴다.

목요일에는 검은 것을 보았고 화요일에는 푸른 것을 보았다. 검은 것과 푸른 것 사이에서 멀어지는 사람아. 너의 안색은 어둡고 한낮의 색에서 얼마간 비켜나 있다. 너는 회색의 옷을 입고 있다. 너는 불투명한 감정을 가지고 있다. 너는 묻어버리고 싶은 것이 있다. 너는 숨기고 싶은 병이 있다. 너는 위안할 것이 없어 시들어버린 꽃을 본다.

어제와 함께 홀로 있는 아이야. 그리움이 없어 그리움을 만드는 입술아. 너는 죽은 사람을 만들고 죽은 표정을 만들고 죽은 말을 만든다. 너는 죽은 거리 위를 달리며 죽은 감정을 되풀이한다. 언젠가 잡았던 두 손. 언젠가 나누었던 온기. 속도를 견디는 너의 두 손은 식어간다. 탁자 위에는 설탕이 흩어져 있다.

두 눈을 감아도 햇빛은 가득하다. 너는 순도 낮은 네 잠을 감시하며 꿈속의 거리가 펼쳐지기를 기다린다. 한낮의 반대편은 자정이다. 자정과 정오가 바뀌듯 너의 몸은 조금씩 사라진다. 우리는 저마다의 겹을 가지고 있었을 뿐이다. 우리는 저마다의 거리를 간직하고 있었을 뿐이다. 풀밭 위로 검은 그림자가 흘러간다. 어떤 시간이 어떤 얼굴을 데려온다. 다시 수요일이 온다.

이제니, 『왜냐하면 우리는 우리를 모르고』(2014)

금자의 미용실

금자의 손에 머리를 맡긴다.

금자의 가위는 나를 위해 움직이고
머리칼은 금자를 위해
타일 위에 쏟아진다.

나의 등은 꼿꼿하고
타일은 하얗다.

머리칼은 제각각의 각도로
오늘을 잊지 못할 것이고

나는 금자의
시간이 되어갈 것이다.

금자는 내 어깨에 두 손을 얹는다.
나의 목
나의 머리칼을
만진다.

미래의 우리는
이런 게 아니었을지도 모르지만.

신해욱, 『생물성』(2009)

올란도

내가 아는 사람들 모두가 죽었다
몇 세기에 걸쳐 꿈을 꾸었다
수많은 계절들의 반복과 변주
수많은 사람들의 반복과 변주
어제와 내일의 경계가 사라지고
여성과 남성의 경계가 사라져도
이 꿈은 사라지지 않아
죽기 위해 절벽에서 몸을 던지면
다음 생이 시작된다
너는 누구지? 너는 누구야?
밤이 저 오랜 질문을 던지고
슬그머니 얼굴을 바꾸면
다음 날이 시작된다
너는 누구지? 너는 누구야?
몇 세기에 걸쳐 떨어져 내리는 낙엽들
나의 노래들이 켜켜이 쌓여간다
나의 얼굴들이 켜켜이 쌓여간다
이 오랜 꿈이 끝나고
나 자신이 희고 빛나는 밤이 될 때

이것이 어떤 잠이었는지 알게 되리

강성은, 『단지 조금 이상한』(2013)

지붕 위의 여자

지붕 위에 여자가 올라가 있다
신발을 잊고 나왔다

여자는 쪼그리고 앉아
발밑의 집을 펼쳐본다
눈을 끔벅거리는 여자
지붕 높이까지 자라난 난독증의 나무

음악이 오는가, 고개를 드는 것처럼
물이 오는가, 고개를 드는 여자

여자가 일어선다
물을 읽고 집을 잃으리라
바람의 문장이 오고
뾰족한 지붕 위
맨발로 선 여자

한 발 집을 떠나본다
흔들리는 집

한 발 집을 떠나본다
흔들리는 집
한 발 한 발
지붕 위에서 여자가 달린다

발아래 집이 회전한다

뒤집히는 식탁과 혼잣말, 혼잣말과 의자, 혼잣말과 새장, 혼잣말과 돌아다니는 가구, 혼잣말과 떠다니는 선인장, 혼잣말과 구르는 책, 혼잣말과 잠, 혼잣말과 구석, 혼잣말과 다시 식탁, 뒤집히는……

한낮의 집과 말

발이 붉어진다

나무가 바람을 읽고 있다

물이 오는가

지붕 위

여자가 달린다

신영배, 『물속의 피아노』(2013)

이것은 사람이 할 말

늙은 여가수의 노래를 듣노니
사람 아닌 짐승의 발성을
암컷 아닌 수컷의 목울대를
역류하는 물살

늙은 여가수의 비린 목소리를 친친 감노니
잡초며 먼지덩이며 녹슨 못대가리를
애지중지 건사해온 폐허
온몸 거미줄로 영롱하노니

노래라기보다는 굴곡
노래라기보다는 무덤
빈혈 같은 비린내

관록만을 얻고 수줍음을 잃어버린
늙은 여가수의 목소리를 움켜쥐노니
부드럽고 미끄러운 물때

통곡을 목전에 둔 부음
태초부터 수억 년간 오차 없이 진행되었던

저녁 어스름

그래서 이것은 비로소 여자의 노래
그래서 이것은 비로소 사람이 할 말
그래서 이것은 우리를 대신하여 우리를 우노니

우리가 발견한 당신이라는
나인 것만 같은 객체에 대한 찬사

살면서 이미 죽어본 적 있었다던
노래를 노래하노니
어차피 헛헛했다며
일생이 섭섭하다며
그럴 줄 알았다며 그래서 어쩔 거냐며

늙은 여가수의 노래에 박자를 치노니
까악까악 까마귀
훌쩍훌쩍 뻐꾸기

김소연, 『눈물이라는 뼈』(2009)

포스트잇

삶은 시간 위에서 존재하는 것이라고 할 때, 시간의 문제를 다루지 않는 문학은 드물다. 여성의 삶에서 시간이라는 개념은 보다 심층적인 문제를 포함한다. 여성에게 시간은 하나의 존재가 다른 존재로 변화하는 시간, 그 시간을 통해 상실과 전환과 다른 시간의 감각을 경험하는 과정이다. 그 시간의 과정은 단지 '성숙' 혹은 '성장'이라는 개념으로 설명되지 않는다. 이런 개념들이 미성숙한 존재가 완성된 존재로 나아가는 과정이라는 의미를 담고 있다면, 이는 대부분 남성을 보편적인 인간으로 설정하고 좀더 완전한 존재로 나아가는 과정으로 삶을 규정하는 발상을 포함한다. 여성에게 가부장제 안에서의 성장은 그 안의 상징 질서에 순응하는 과정으로 환원되는 경우가 많으며, '소녀에서 엄마'가 되는 과정을 통해 출산과 양육을 위해서만 여성의 삶이 존재한다는 억압적인 가치에 머물 수 있다.

여성적인 시 쓰기의 공간에서는 시간에 대한 전혀 새로운 상상력과 감수성이 작동한다. 우선 선조적으로 진행되는 시간 개념이 아니라 시간의 여러 층위가 한꺼번에 존재하는 경우를 상상할 수 있다. 처음과 끝, 과거와 현재를 뒤섞는 상상력이 있을 수 있으며, 하나의 몸이 여러 시간대를 한꺼번에 살고 있는 경우도 상상할 수 있다. 몸은 물리적이고 제도적인 시간의 제약을 넘어서 다른 시간의 영역으로 진입한다. 시간은 여성의 삶에 대한 가부장적 젠더 시스템의 규정력을 갖지 못하며, 여성이 다른 삶의 잠재성을 개방하는 시간의 차원이 열릴 수 있다. 이제 삶의 시간은 완료된 것이 아니라 도래할 어떤 미지의 순간에 가까워진다. 과거에 대한 상상력은 미래의 기억으로 전환될 수 있다. 여성적인 시 쓰기는 이 도래할 시간들에 대한 접속이 될 수 있다.

천양희의 「놓았거나 놓쳤거나」에서 “내가 속해 있는 대낮의 시간”은 “한밤의 시간보다 어두울 때가 있”고 “어떤 날은 너무 많은 나를 삼켜 배부를 때도 있”다. “삶은 고질병이 아니라 고칠 병”이기 때문에 지나온 삶의 오류들에도 불구하고 삶의 가능성은 닫히지 않는다. “놓았거나 놓친 만큼 큰 공백”은 오히려 삶의 남아 있는 잠재성의 영역이다.

황인숙의 「처녀처럼」에서 옛날 사진 속의 ‘나’는 “젊고, 이리도 예쁘”고 “난 이제 / 이렇게 못 웃”는다. “꽃들이 해마다 피고 지는 건 / 잘하는 짓”이며, 지난 시절의 젊음은 되돌릴 수 없지만 오히려 다른 꽃은 끝없이 피어난다. “나는 다시 / 피어날 거예요”라는 선언은 ‘젊음/늙음’이라는 시간의 구획을 넘어서는 다른 차원의 거듭남이다.

강성은의 「올란도」에서 ‘나’는 버지니아 울프의 환상 소설에 나오는 인물로서 시인의 기질을 지닌 귀족 청년이다. 남성에서 여성으로 변한 후 수백 년의 세월을 사는 신비로운 존재인 ‘나’는, 여러 시대에 걸쳐 성별을 바꾸어 살아감으로써 성 정체성이란 고정되고 확고부동한 것이 아님을 보여준다. 올란도의 일인칭 시점으로 진행되는 시는 “여성과 남성의 경계” 너머의 시간, 끊임없이 이어지는 “다음 생”의 시작을 보여준다.

생각의 타래

1. 여성의 삶에서 '시간'이라는 개념이 어떤 맥락을 갖게 되는지를 문학작품 속 인물들을 예로 들어 생각해보자.

2. 여성적인 글쓰기에서 '시간'을 다루는 방식은 왜 다를 수밖에 없는지를 생각해보자.

3. 하나의 현재적 존재 안에 여러 시간의 겹들과 다른 잠재성이 존재한다는 것을 시적 상상력을 통해 설명해보자.

5부

모성

배꼽을 위한 연가 1

그대여, 당신이 누구든지 간에, 당신의 배꼽을 보여준다면은, 나 그대를 사랑하겠습니다, 더럽게 뒤엉긴 자그만 동그람이 굽이굽이 꼬불쳐진 그대의 서러운 배꼽도 나의 배꼽과 똑같이 부끄러운 죄와 어리석은 욕망이 고불고불 서리서리 끼어 있을 테지요, 그대여, 어둠의 태 속에서 영문 모르고 튀어나와 정처 없이 죄를 짓고 죽어가는 그대여, 그대여,

우리는 배꼽 위에서 평등하다
그것은 생일날의 흉터,
고아들의 패찰,
인광을 칠한 백골의 주황색 입술이
아삭아삭 제일 먼저 뜯어먹는
온순한 육체의 이삭,
우리는 배꼽 위에서 너무나 평등하다

그대여, 당신이 누구든지 간에, 당신의 배꼽을 버리지만 않았다면은, 나 그대를 열렬히 용서하겠습니다, 봄이 되어 메마른 나뭇가지에서 새싹이 트는 것을 바라보거나 푸드득 — 새들이 날아오르는 것을 볼 때마다 나는 습진처럼 나의 배꼽이 가려

워지는 것을 느낍니다, 이제 배꼽은 과거 완료가 아니라 언제나 현재진행형으로 나의 삶 속에 움터 오르고, 어머니—아, 어머니—라고 불러보면 바닷가를 울면서 걸어가는 한 여인이 떠오릅니다, 그녀의 슬픔 그녀의 사랑 그녀의 절망을 따라 나의 배꼽은 또 하염없이 시원의 태 속으로 적셔 들어가고, 어머니—자비와 저주의 비밀구좌이신 어머니—나의 어머니시여……

김승희, 『흰 나무 아래의 즉흥』(2014)

죽은 엄마에 의한 엄마의 교정

1

엄마가 죽었다. 사실적인 죽음의 예증例證이
눈앞에 나열되었다.
염, 입관.
그리고 드라이하고 선연하게
머릿속 수레바퀴가 멈추고
사고가 선언한다.
"엄마는 죽었다."

2

아버지는 아프다. 중풍이다.
엄마가 곁에 앉아 있다, 정성스러운 엄마.
아버지가 아기처럼 칭얼거린다.
엄마가 다독거려준다.
둥둥 내 아기 자장자장 내 아기.

3

아버지의 병이 낫는다, 말끔히.
시냇가의 조약돌 같은 아버지, 아버지는
꽃밭을 거닐고 있다. 국화꽃의 향기가
가슴을 흔든다. 엄마가 곁에서 웃고 있다.
작은 불꽃처럼 흔들리는 따스함.

4

슈퍼마켓, 팝콘을 사다가
나는 소스라치게 놀란다.
엄마! 아, 엄마가!
여지껏 깨닫지 못했다니!
아! 죽은 엄마가!

5

엄마가 바느질을 한다, 늘 하듯이
입에 하나 가득 노랫소리를 문 엄마,
내가 문간에 선다. 엄마……
엄마가 쳐다본다, 시선이 부딪치고
우리 사이에서 아, 강처럼 소리 내어 흐르는
이승과 저승의 아픔.

6

아버지는 진찰을 받고 있다.
병원 복도에서 엄마가 나비처럼
걷고 있다. 내가 다가선다.

엄마……
응?
그곳은 어떤 곳이유?…… 사뭇 다르우?……

글쎄, 무어랄지…… 형식의 저 너머…… 안개 무리랄지……
우리가 생각나서 온 거유, 엄마?……
……낮은 소리의 웃음, 작게, 아주 작은 메아리 같은……
우리가 보고 싶었수?
그래, 하지만 그곳에선 그 때문에 시달리지는 않는단다.
기다란 복도가 명부의 편안한 웃음으로 감싸였다.
흰옷을 입은 닥터가 천사처럼 스르르 미끄러져갔다.
재미있어, 내 가슴에서 아주 작은 솜털들이
즐겁게 바시락거렸다.

7

잠이 깨었다. 가슴이 떨고 있다.
그러나 살아 있는 일이
흔들리지 않을 만큼
명부冥府를 생각하는 것은
기분 좋은 일이다. 햇살로 가득 찬 명부를……

김정란, 『다시 시작하는 나비』(1989)

엄마의 식사 준비

아버지의 폭탄이 터진 뒤라고 한다

구워지고 있었다
전자레인지에서처럼
지방이 튀어 오르고
불똥이 튀고
살갗이 타들어갔다
한쪽에선 뼈대에 살갗을 걸레처럼 걸고
불 속에 서 있었다
토마토처럼 으깨지고도 있었다
거대한 돌에 눌려서
두부가 되어가는 것도 있었다
배가 빵빵 터지며
구린내를 풍기는 것도 있었다
온 들판 전체가
누가 먹으러 오는지 알지도 못한 채
전신에 눈물을 칠하고
튀겨지고 있었다

어머니가 눈물을 삼키며 식사를 준비하고 계셨다

김혜순, 『어느 별의 지옥』(1988)

엄마와 나의 간격

엄마의 자궁 안에서
나는 엄마, 속의
섬이었다

섬은 엄마에게서
몸의 식량 공급을 받았다
영혼도 넙죽 식량 공급을 받았겠지

날을 채우고
섬은 바깥으로 나왔다
그리고

엄마를 바라보았다
엄마와 나의 간격이라는
원초 비극을 바라보았다

그때
내 영혼의 모어가 생겼다
엄마 말이 아닌 내 말로

그 생각을 하니 웃기고도 서글프다
겨울 숲에서 혼자 병들어 죽어
풍장되는 늑대의 아가리처럼

허수경, 『누구도 기억하지 않는 역에서』(2016)

그녀의 생몰 연도를 기록하는 밤

밤마다
그녀였던 당신이었던
수많은 아이들이 찾아와요
거친 바람처럼 문을 흔들며 칭얼대요
하나같이 눈은 퉁퉁 부었고 손끝은 차고
고개는 숙였어요

심란함과 심약함을 겸비한 이들과의 오래된 이 면회
번번이 그녀는 엄마가 돼요
그녀는 두 개의 젖으로 남아요
아이들을 모두 재우고 나면 언제나
젖꼭지가 아리죠

그녀였던 당신이었던 아이들
당신이었던 그녀였던 아이들
활짝 웃으며 기쁘게 찾아온 적 없어요
쓰러질 듯 아프게 온 적도 없어요

지낼 만한 노곤함과

돌아갈 만한 차비를 두 손에 움켜쥐고
칭얼대고 칭얼대다 사라지죠

들어줍니다 두 귀를 여행 가방처럼 활짝 열고서
쓰다듬지요 두 손을 세계지도처럼 판판히 펼쳐서
위로합니다 긴 밤을 꼬박 앉아서

희멀건 달을 볼 안에 넣고 사탕처럼 굴리던
구름들이 녹아 사라지면
지붕들 모서리가 금빛으로 반짝거리죠
아이들은 일어나 갈 길을 가구요

배웅하고 돌아와 비로소 누울 때
피로가 쥐처럼 전생을 갉아요
폐사지처럼
육체를 뚫고 거친 잡초가 성큼성큼 자라나죠

번번이
한 아이가 남아 있어요

벽에 걸어둔 시커먼 외투처럼 등 뒤에서
이 아이, 자기가 엄마라고 우깁니다

여기 앉어,
의자를 내어주니
그녀는 앉을 자리가 없네요
몸을 접고 접고 또 접어 그녀는 한 마리 쥐새끼가 되지요
그러면 누울 자리가 생기니까요
누워서 그녀는 자기 젖을 빨아요
그러면 그녀는 잠이 오지요

김소연, 『눈물이라는 뼈』(2009)

삼십세

네겐 햇빛이 필요하단다. 여자는 나를 유모차에 태우고 공원을 산책했다. 햇빛은 어디 있지요? 난 뭔가 만지고 놀 게 필요해요. 나는 여자를 올려다보았다. 여자도 어딘가를 올려다보았다.

나는 엄마, 라고 말했다.

얘야, 너는 잠시 옛날 생각을 하고 있을 뿐이란다. 그리고 세상은 많이 변했단다. 여자가 유모차를 밀던 손을 놓았다.

구른 건 바퀴뿐이었을까? ……내 차가 들이받은 나무는 허리를 꺾었다. 나뭇잎 나뭇잎이 자지러지게 웃는 소리를 나는 들은 것 같다. 아아아, 내가 처박힌 여기는 어딜까?

당신, 왜 그래? 헝클어진 당신이 묻는다. 나는 핸들에 머리를 박고 있다. 내가 어디로 가고 있었나요? 멈출 수가 없었어요. 나는 천천히 당신을 올려다본다.

당신도 어딘가를 올려다본다. 답을 구하는 태도는 누구나 유아적이군요. 그런데, 구른 건 정말 바퀴뿐이었을까요?

나는 엄마, 생각을 했다. 나는 방향을 틀기 위해 잠시 후진을 해야 한다. 천천히 핸들에 손을 얹고 뒤를 돌아다보았다.

김행숙, 『사춘기』(2003)

엄마 기계

무엇이 되기를 꿈꾸는
가령 사서라든가, 나무라든가, 엄마라든가
모든 사물들에게는 어떤 것이 필요한가?
혹은 무엇이 되기를 꿈꾸지 않는다면

스커트 밑에 숨은 자장가들이 울려 나올 때
반짝이는 머신들로서
내용 없는 습자지로서
텅 빈 육체로서

내가 사랑한 만화 속에서
자라지 않는 아기의 이름은 기억나지 않고
기억나지 않는 이름을 기억하지 않는
우리의 입술이 만들어내는 합창 속에서

컨베이어 벨트를 타고 배달되는
유리로 만든 아기들
그것들이 반짝거리며 빛날 때

나의 피와 살은 어디서
비롯되었을까 그것은
왜 비롯되었을까

천사들은
아기들을
내려다보며
가끔 비웃고
가끔 사랑한다

나는
이 세계에서
부드럽게 찢어져 먹기 좋은 형체
기입된 글자들 속에
조용히 포장되면서

오늘
아기 하나가 만들어지고

우리들은
아기들을
내려다보며
가끔 사랑을 하고
가끔 슬퍼한다

하재연, 『세계의 모든 해변처럼』(2012)

몸과 몸이 처음 만나 보얘진 그 입김을 말이라 했다

엄마가 나를 낳았지.

파독 간호사였던 K가 요양원 침상에서 되뇐 말. 스무 살에 독일로 가 평생 거기서 산 그녀의 모국어는 독일어. 한국어를 잊고 산 지 반백 년이지만, 치매가 생긴 후 잃어버린 말은 오히려 독일어였다.

어머니가 나를.

침상에 누워 동그란 손거울 들여다보며 K가 한국어로 엄마를 불렀다.

낳았지.

마른침 엉겨 붙은 K의 입가에서 시간이 어려지고 가끔 허공을 쓰다듬는 검버섯 핀 손등에 도드라진 푸른 핏줄이 기억에 없는 동구 밖 시냇물 같았다. 기억을 잃기 시작한 밑바닥에서 실개천처럼 떠오른 말. 반백 년보다 질긴 젖먹이 말. 몸과 몸이 만나는 따스함을 처음 알게 한 아스라이 보얗게 젖은 입김의 말. 어미…… 말.

김선우, 『녹턴』(2016)

여자인간

알아? 나는 여자인간이니까
생리를 한다.

그렇지만 손에는
다른 종
다른 류의 피가 묻어 있기도 한다.

피가 묻은 손으로
나는 흰밥을 소금에 찍어 먹기도 한다.

흰 빨래가 햇빛에 마르는 소리를
듣기도 한다.

마른 빨래에 입과 손을 닦고
잠깐만.

(꺼져버려)

지구에서 소리 없이 사라져간

다른 종
다른 류의 인간을 약간씩 세어보기도 한다.

손가락이 남기도 한다.

손가락이 모자라기도 한다.

신해욱, 『syzygy』(2014)

포스트잇

모성은 가부장제 사회에서 신성한 가치로 받들어지지만, 페미니즘 운동에서는 이 모성에 대한 해방을 추구하기도 한다. 생물학적인 모성과 그와 연관된 가족제도 및 이데올로기를 여성 억압의 원인으로 본 것이다. 오랫동안 모성의 신화는 여성에게 모성이라는 역할만을 강요하고 성과 생식에 대한 자유는 제한해왔다. 그러나 모성은 여성에게 주어진 가장 중요한 임무가 아니며, 선택할 수 있는 역할의 하나여야 한다고 말한다.

여성을 억압하는 것은 모성 그 자체라기보다 가부장제가 만들어낸 '모성이라는 제도'라고 할 수 있다. 모성은 출산과 양육을 둘러싼 가족제도, 재생산과 돌봄 노동의 문화사회적 위치를 규정하는 이데올로기가 되었다. 따라서 모성이라는 제도와 이데올로기를 돌파하는 것은 모성 자체를 없애는 것이라기보다 모성을 남성 지배의 시스템으로부터 해방시키는 일이라고 할 수 있다.

남성 중심적인 문학에서, 모성은 신성시되고 남성을 구원하는 존재로 대상화되거나 민족적인 순결성의 상징으로 치환되는 경우가 적지 않았다. 모성의 이러한 신화화에는 남성 중심의 이데올로기가 깔려 있기 때문에, 이런 모성의 이데올로기를 다른 상상력으로 돌파하는 것이 중요한 의미를 가진다. 이것은 모성 자체를 부정한다기보다 직간접적인 모성의 경험에서 여성적인 에너지의 적극적인 가치를 찾아내는 것을 의미한다. 예를 들면 '낳는다'는 행위는 단순히 제도로서의 모성과 생물학적 출산의 의미에만 제한되는 것이 아니라, 텅 빔 안에서 다른 존재를 생성하는 여성적 수행성의 의미를 가질 수 있다. 여기서 모성은 가부장적 제도와 이념에 의해서 규정될 수 없는 다른 생성의 자리이다. 여성적인 실존 안에서 모성을 둘러싼 기억과 경험을 존중하면서도, 한편으로 모성에 대한 다른 상상력과 언어와 리듬이 필요하다. 모성의 신화로부터 모성을 해방하는 것은 여성적인 시 쓰기의 중요한 문제이다.

김승희의 「배꼽을 위한 연가 1」에서 배꼽은 "영문 모르고 튀어나와 정처 없이 죄를 짓고 죽어가는" 모든 존재들의 평등한 근원이다. 배꼽에는 "부끄러운 죄와 어리석은 욕망이 고불고불 서리서리 끼어" 있다. 다른 한편으로 배꼽은 "과거 완료가 아니라 언제나 현재진행형으로 나의 삶 속에 움터 오르"는 것이며, "자비와 저주의 비밀구좌이신 어머니"이다. 배꼽이 있기 때문에 모든 존재는 평등하며, 배꼽은 그 모든 것을 생성하는 현재진행형의 장소가 된다.

김혜순의 「엄마의 식사 준비」에서 식사를 준비하는 엄마의 모습은 평온하고 따뜻한 저녁 식탁의 이미지로 재현되는 것이 아니라 "살갗이 타들어"가고, "배가 뻥뻥 터지며" "전신에 눈물을 칠하고 / 튀겨지"는 끔찍한 장면으로 그려진다. 엄마의 식사 준비가 일종의 노동 착취이며 전쟁이라는 점을 환시시킴으로써 모성과 재생산 노동을 둘러싼 이미지를 낯설게 하고 가부장적 허위의식을 충격한다.

김행숙의 「삼십세」에서는 두 개의 시간이 교차한다. '나'를 유모차에 태우고 공원을 산책하던 '여자 – 엄마'의 시간이 등장하며, 여자가 유모차를 놓던 그 순간 운전을 하다가 나무를 들이받은 '나'의 시간이 출현한다. 두 시간의 교차는 더 이상 엄마의 유모차에 탈 수 없고 스스로 운전해야 하는 삼십세의 길, 방향을 틀기 위해 잠시 후진했다가 다시 운전해야 하는 '나'의 현재를 낯설게 만든다. 이런 언어들은 모성의 폐기가 아니라 제도화된 모성을 돌파하는, 모성의 다른 차원을 여는 상상력이다.

생각의 타래

1. 가부장제 이데올로기 안에서 모성이 어떻게 제도화되는지 생각해보자.

2. 모성의 경험과 기억을 드러내면서도 다른 모성의 이미지와 언어를 만들어내는 사례를 찾아보자.

3. 여성적인 글쓰기에서 관습화되고 제도적인 모성을 넘어 새로운 모성의 자리와 시간을 찾는다는 것이 어떤 의미를 갖는지 생각해보자.

6부

시선

자전自轉 1

날이 저문다.
먼 곳에서 빈 뜰이 넘어진다.
무한천공無限天空 바람 겹겹이
사람은 혼자 펄럭이고
조금씩 파도치는 거리의 집들
끝까지 남아 있는 햇빛 하나가
어딜까 어딜까 도시를 끌고 간다.

날이 저문다.
날마다 우리나라에
아름다운 여자들은 떨어져 쌓인다.
잠 속에서도 빨리빨리 걸으며
침상 밖으로 흩어지는
모래는 끝없고
한 겹씩 벗겨지는 생사의
저 캄캄한 수세기를 향하여
아무도
자기의 살을 감출 수는 없다.

집이 흐느낀다.

날이 저문다.

바람에 갇혀

일평생이 낙과落果처럼 흔들린다.

높은 지붕마다 남몰래

하늘의 넓은 시계 소리를 걸어놓으며

광야에 쌓이는

아, 아름다운 모래의 여자들

부서지면서 우리는

가장 긴 그림자를 뒤에 남겼다.

강은교, 『풀잎』(1995)

그녀는 걸었다

그녀는 걸었다, 긴 복도를
링거병을 끌고 졸음에 취한 나를 끌고
걸음, 걸음, 걸음,
문 닫힌 병동의 밤이 긴 복도
그녀는 쫓기듯 걸었다, 쫓기듯
아니, 그녀는 걸었다, 걸음, 걸음, 걸음,
자기의 걸음을 견디면서
자기의 걸음을 즐기면서
자기의 걸음을 확인하면서
걸음, 걸음, 걸음, 창백한 형광등
그녀의 걸음이 가득한 복도
그녀는 걸었다, 유령 같은 나를 끌고
걸음, 걸음, 걸음,
그녀는 걸었다
그녀는 걸었다.

황인숙, 『자명한 산책』(2003)

서커스의 여자

붉고 긴 천으로
벗은 몸을 묶고
허공에 매달린 여자를 보았다

무덤의 천장에는 시퍼런 별들
순장된 우리는 눈을 빛내고
활짝
네 몸에 감긴 천을 풀어낼 때마다
툭
툭
목숨 떨어지는 소리

걱정 마

나는 아홉 개의 목숨을 가졌어
열아홉 개, 아흔아홉 개인지도 몰라

아흔여덟 번 죽었다가 다시 눈 뜰 때
태아처럼 곱은 허릴 뒤로 젖히고
한번 더 날렵하게 떨어져주지

팽팽히 더 뻗어야지,
붉은 끈이 감긴 다리를

분질러진 발목을
마저 허공에 눕혀야지

눈을 가린 광대가 던져 올리는
색색의 공들처럼
점점 빨라지거나,
영원히 놓치거나

툭
툭
어디서 장사 지내는 소리
울부짖는 소리
들리면 마중 나가야지
더,
좀더 아래로

한강, 『서랍에 저녁을 넣어 두었다』(2013)

거울 저편의 겨울 11

비 내리는 동물원
철창을 따라 걷고 있었다

어린 고라니들이 나무 아래 비를 피해 노는 동안
조금 떨어져서 지켜보는 어미 고라니가 있었다
사람 엄마와 아이들이 꼭 그렇게 하듯이

아직 광장에 비가 뿌릴 때

살해된 아이들의 이름을 수놓은
흰 머릿수건을 쓴 여자들이
느린 걸음으로 행진하고 있었다

한강, 『서랍에 저녁을 넣어 두었다』(2013)

그 여자

그녀를 처음 본 것은 공원에서였다
때에 절은 지구의 같은 가방을 베고 벤치에 누워
그 여자는 잠들어 있었다
옷 밖으로 빠져나온 검은 그녀의 몸에다 집을 지으려는지
거미 한 마리가 느릿느릿 기어오르고 벌린 그 여자의
입속에선 흐릿한 말들이 생쌀처럼 씹혔다
다음 날 그 여자는 다리 위에 있었다
흘러가는 얕은 물을 내려다보며 행인들에게 눈을 번뜩이며
욕을 퍼부으며 그 여자는
웃었다 멈춰 바라보는 나에게 이년아, 니 갈 길이나 가라
미친년아 하며 카르릉거렸다 여자의
눈 속에서 도시의 애드벌룬이 한층 부풀었다
다음 날 여자는 다리 밑에 있었다
가방에서 꺼낸 냄비에다 하천을 흐르는
물을 퍼 밥을 끓이고 썩은 나뭇가지를 뚝뚝 꺾어
불을 일궜다 밥이 끓는 곳에 귀를 갖다 대며 여자는
맑게 웃었다

조은, 『무덤을 맴도는 이유』(1996)

한 무덤 앞에서

한 번도 그녀가
목 놓아 우는 것을 보지 못했다

그녀는 넘어질 때마다 발목을 잡는 슬픔의 뿌리를 뽑아냈어야 했다 뽑혀 나온 시신경視神經 같은 뿌리를 보며 내 암흑이 고작 이거냐며 으름장을 놓거나 울음 속까지 뿌리를 뻗어오는 절망의 덜미를 잡고 패대기를 쳤어야 했다

꽉 찬 자루처럼 미어터지며
괴상한 소리를 내고 있는 몸에서
국숫발 같은 영혼 삐져나온다

조은, 『생의 빛살』(2010)

봄날의 눈사람

아주 행복해 보이는 여자가
나를 스쳐 지나갔다
걱정 하나 없는 얼굴
꿈꾸는 눈빛으로
잠든 아기를 품에 안고

여자는 턱을 조금 들고
태양을 안고
천천히 걸었다
우아하고 젊었다

만일 내가 아기를 품에 안았다면
한숨 쉬었을 것이다
아기의 미래를
바구니처럼 끌어당겨 보며
시름에 발걸음이 무거웠을 것이다
손가락 발가락을 꼼지락거리지 않는
꽃다발을 품에 안고도
막막한 슬픔을 느끼곤 했으니

실마리가 없는 걱정거리를 안고
사직동 언덕길을 오르는
내 앞에서 여자는
어제도 그런 모습으로 걷고 있었다

내겐 한순간도 없었던
꿈을 꾸는 여자가
봄날의 눈사람처럼 빛났다

조은, 『옆 발자국』(2018)

꽃집 여자

거리로 난 창을 조금 열어놓고 가위를 집어 든다. 흰 손가락 지나가는 자리 꽃잎들 지루한 식탁 위로 떨어지고 햇빛, 치렁치렁한 머리카락을 지나 다리 사이에 축 늘어진 그림자를 만든다.

검푸른 덩굴손 허공으로 뻗어가다 말라붙고 커다란 화분의 멕시코산 선인장이 독한 냄새를 풍기기 시작할 때 흐무러진 살에서 비쭉 돋은 가시, 그녀의 손가락을 쿡 찌른다. 멈칫, 흔들리는 등뼈 뒤로 세계의 구멍이 뻥 뚫린다.

정오의 뻐꾸기 울음 소리 없이 쏟아지는 거기, 환난의 구멍 속으로 자꾸 비어져 나오는 붉은 잎을 밀어 넣는 그녀. 뜨거운 담뱃불로 딱딱하게 굳어버린 다리를 지져대듯 난폭하게 꽃잎을 짓이긴다.

시든 햇빛을 쓰레기통에 쑤셔 박고 거울 앞에 서 있는 그녀, 어두운 식탁을 휘장처럼 덮고 있는 머리카락 무쇠 가위로 싹둑 싹둑 잘라낸다. 식어버린 밥을 씹으며 목발을 짚고 식탁 위를 걸어가는 여자의 등 뒤에서 나무뻐꾸기 울음 새어 나온다.

이기성, 『불쑥 내민 손』(2004)

직업의 세계

하녀는 직업일까
하녀는 목을 매달고 싶을까

세계엔 닦아야 할 바닥과 바닥이 있고
넘치도록 그것은 있고

하녀는 몸이 뜨겁고 뚱뚱한 침이 흐르고
고개를 숙이고 외로운,
검은 바닥을 닦는다
겨울이 와도
혁명이 일어나도
저 광활한 바닥의 고독을
아무리 손을 뻗어도 닿지 않는 그곳을

하녀의 내부에는 무엇이 자랄까
오래된 거울처럼 반짝임을 잃은 그곳에서
목을 매달고 싶을까
재처럼 부드러워지고 싶을까

세계엔 닿지 않는
바닥과 또 바닥이 있고
무한히 넓어지고

세상에서 가장 일찍 일어난
하녀가 문을 두드린다
차가운 호의처럼 햇빛이
마구 쏟아지는 아침에

이기성, 『채식주의자의 식탁』(2015)

Ghost

그 여자는
살아 있을 땐 죽은 여자 같더니
죽고 나선 산 여자처럼

밤의 정원
이 나무 저 나무를 옮겨 다니는 작은 새처럼
밤하늘을 떠다니는 검은 연처럼

장갑을 끼면 손가락이 생겨나고
양말을 신으면 발가락이 생겨나고
모자를 쓰면 머리가 생겨난다

책을 읽으면 눈이 생겨나고
음악을 들을 땐 귀가 생겨나고
하고 싶은 말이 떠오르면 입술이 생겨나는데

그 여자는
살아 있을 때도
죽어서도 입이 있어도

말은 못한다

강성은, 『Lo-fi』(2018)

저녁의 저편

여자는 그에게 저녁을 먹으러 올 수 있는지 물었다 전화를 끊자 막 빗방울이 떨어지기 시작했다 새들이 자꾸만 유리창에 부딪쳐 떨어졌다 여자는 갑작스런 코피가 멈추지 않아 그대로 바닥에 누웠다 새로 산 양탄자에서 화약 냄새가 났다 조금씩 빗방울이 굵어지는데 새들은 자꾸 날아와 부딪치고 여자는 코피가 멈추지 않아 그대로 누워 있다 날이 어두워지는데 새들은 무엇을 보고 돌진해 오는 걸까 피가 목구멍으로 넘어간다 누가 이 많은 새들을 날려 보내고 있을까 우리에게 왜 이런 계절이 닥치는 걸까 생각한다 문이 열리고 누군가 들어온다 그는 마치 유령처럼 보였는데 머리에 쌓인 흰 눈을 털었다 여자는 일어나 침착하게 음식을 내왔다 아무 일도 없었다는 듯 마주 앉았다

강성은, 『Lo-fi』(2018)

이동

당신은 그 여자를 알고 있었는가? 떨림이나 울음 같은 것을 말하는 것은 아니다

그 여자의 보이지 않는 둘레 안에 누군가 들어왔다 나갔다 하는 것을 둥그런 무늬가 일그러지거나 또 다른 고리를 만드는 것을

만약 당신이 선택하는 자라면 옆에 있거나 떠나거나 둘 중에 하나이다 그러나 당신은 그 여자를 알고 있었는가?

그 여자는 울거나 웃었거나가 아니라 다른 쪽을 향해 조금씩 움직였다는 것을

하재연, 『라디오 데이즈』(2006)

문 뒤에 여자

누군가 가고
밖을 훔쳐보는 여자
문 뒤에서 먹는 여자
누군가 오고
밖을 훔쳐보는 여자
문 뒤에서 중얼거리는 여자
누군가 가고
문 뒤에서 자는 여자
누군가 오고
문 뒤에서 소리 지르는 여자
누군가 가고
문 뒤에서 하품하는 여자
누군가 오고
문 뒤에서 웃는 여자
누군가 가고
문 뒤에서 달리는 여자

신영배, 『물속의 피아노』(2013)

포스트잇

이미지는 순수하게 객관적이거나 자연 발생적이지 않고, 그것을 구성하는 시각적 관심의 결과물이다. 시선은 프레임과 배치의 문제를 동반하며, 시선 체계에는 권력관계가 작동한다. 가부장제 사회에서 여성은 대체로 보는 자가 아니라 보여지는 자의 위치를 갖는다.

보는 자는 보이는 자에 대해 시선 권력의 우위를 점하게 된다. 여성은 남성 혹은 남성 관객, 남성 관음자에게 시선의 대상으로 존재해왔다. 남성이 시선의 담지자이고 시각 양식을 구성하는 특권을 점하는 경우가 많았다. 여성의 이미지는 남성의 타자로서 남성의 욕망을 구현하거나 남성보다 결핍된 존재로 대상화된다. 남성의 시선은 지배하는 시선 권력의 위치를 가지는 반면, 여성의 시선은 갇힌 채로 이미지와 동일시하거나 이미지의 반사 속에서 나르시스적인 것이 될 수 있었다. 미디어에서 여성은 남성 욕망을 위한 시각적인 소비 대상이 되고, 대상화된 자신의 이미지 자체를 소비하는 모호한 자리에 놓이게 되었다.

하지만 이런 시선 권력의 메커니즘이 완전히 닫혀 있는 것은 아니며, 여성 예술가들은 다양한 방식으로 여성적 응시의 가능성을 시험해왔다. 우선 여성이 단순히 시선의 대상이 아니라 주체가 되는 상황, 남성이 대상의 자리에 위치하는 경우가 있다. 남성 주체의 시선과 대상화된 여성의 몸이라는 관음증적인 메커니즘을 전복할 수 있는, 새로운 여성적 응시의 가능성이 만들어진다. 여성의 몸은 남성적 시선에 의한 물신화된 대상이 아니라 새로운 응시의 잠재성을 품게 되며, 여성이 여성을 보는 다양한 시선의 공간이 생성될 수 있다. 여성이 여성을 보는 것은 연대와 동일시의 프레임일 수도 있지만, 다른 여성적인 시선과 존재의 잠재성을 개방하는 시도일 수도 있다. 여기에는 퀴어적인 감각과 감성도 포함될 것이다. 근본적으로 근대 이후 구축된 시선 주체의 고정되고 확고한 위치를 의심에 붙이고, 시선의 체계와 동일시 메커니즘 자체를 교란하는 작업도 가능하다. 남성 중심적인 시선의 주체화·특권화를 전복하는 시선의 모험은 여성적 글쓰기의 최전선이다.

한강의 「거울 저편의 겨울 11」에서 시선은 이국적인 풍경을 관람하는 데만 멈추지 않고 "살해된 아이들의 이름을 수놓은 / 흰 머릿수건을 쓴 여자들"의 행진을 본다. 풍경에는 갑자기 시간과 사건이 부여되고, 타인의 고통에 대한 윤리적 순간을 대면하게 만든다. 풍경 속의 여자들은 대상화된 이미지가 아니며, '내'가 함께 겪을 수밖에 없는 '거울 속의 여성들'의 고통으로 다가온다.

조은의 「봄날의 눈사람」에서는 "걱정 하나 없는 얼굴 / 꿈꾸는 눈빛으로 / 잠든 아기를 품에 안고" 가는 "아주 행복해 보이는 여자"가 "나를 스쳐 지나"가는 순간이 등장한다. 우아하고 젊은 여자는 '내'가 가진 한숨과 시름과 막막한 슬픔, "실마리가 없는 걱정거리" 따위는 없는 반대편 세계의 사람처럼 보인다. "내겐 한순간도 없었던 / 꿈을 꾸는 여자"는 '나'의 선망과 동경의 대상일 수도 있다. 하지만 여자는 "꿈을 꾸는 여자"이고, "봄날의 눈사람" 같은 존재이다. 여자는 봄날의 눈사람처럼 잠깐 빛났다가 녹아내릴 수밖에 없는 존재이다. 그것이 이 완벽한 여자의 이미지 너머의 여성의 삶과 시간에 대한 기이한 슬픔과 연대의 감각을 만든다.

생각의 타래

1. 미디어에서 시선의 주체가 남성으로 설정되고 여성이 대상화되는 사례들을 들어보자.

2. 여성이 시선의 대상이 아니라 시선의 주체가 된다는 것이 갖는 의미를 문학작품의 사례를 통해 생각해보자.

3. 여성이 여성을 바라보는 시선은 어떤 새로운 감각과 언어를 만들어낼 수 있는지 시를 통해 생각해보자.

지은이 약력(가나다순)

강성은 2005년 『문학동네』를 통해 작품 활동을 시작했다. 시집으로 『구두를 신고 잠이 들었다』 『단지 조금 이상한』 『Lo-fi』 『별일 없습니다 이따금 눈이 내리고요』 등이 있다.

강은교 1968년 『사상계』를 통해 작품 활동을 시작했다. 시집으로 『허무집』 『풀잎』 『빈자일기』 『소리집』 『등불 하나가 걸어오네』 『시간은 주머니에 은빛 별 하나 넣고 다녔다』 『어느 별에서의 하루』 『오늘도 너를 기다린다』 『붉은 강』 『벽 속의 편지』 『초록 거미의 사랑』 『네가 떠난 후에 너를 얻었다』 『바리연가집』 『아직도 못 만져본 슬픔이 있다』 등이 있다.

김명순 1896년 평안남도 평양군 융덕면에서 태어났다. 1917년 『청춘』에 단편 「의심의 소녀」가 당선되어 작품 활동을 시작했다. 1925년 자신의 첫 창작집이자 한국 여성 작가 최초의 작품집인 『생명의 과실』을 출간했다. 1951~53년 무렵 일본 도쿄 아오야마 뇌병원에서 작고한 것으로 추정된다.

김민정 1999년 『문예중앙』을 통해 작품 활동을 시작했다. 시집으로 『날으는 고슴도치 아가씨』 『그녀가 처음, 느끼기 시작했다』 『아름답고 쓸모없기를』 『너의 거기는 작고 나의 여기는 커서 우리들은 헤어지는 중입니다』 등이 있다.

김선우 1996년 『창작과비평』을 통해 작품 활동을 시작했다. 시집으로 『내 혀가 입 속에 갇혀 있길 거부한다면』 『도화 아래 잠들다』 『내 몸속에 잠든 이 누구신가』 『나의 무한한 혁명에게』 『녹턴』 『내 따스한 유령들』 등이 있다.

김소연 1993년 『현대시사상』을 통해 작품 활동을 시작했다. 시집으로 『극에 달하다』 『빛들의 피곤이 밤을 끌어당긴다』 『눈물이라는 뼈』 『수학자의 아침』 『i에게』 등이 있다.

김승희 1973년 『경향신문』 신춘문예를 통해 작품 활동을 시작했다. 시집으로 『태양 미사』 『왼손을 위한 협주곡』 『미완성을 위한 연가』 『달걀 속의 생』 『어떻게 밖으로 나갈까』 『세상에서 가장 무거운 싸움』 『빗자루를 타고 달리는 웃음』 『냄비는 둥둥』 『희망이 외롭다』 『도미는 도마 위에서』 『단무지와 베이컨의 진실한 사람』 등이 있다.

김이듬 2001년 『포에지』를 통해 작품 활동을 시작했다. 시집으로 『별 모양의 얼룩』 『명랑하라 팜 파탈』 『말할 수 없는 애인』 『베를린, 달렘의 노래』 『히스테리아』 『표류하는 흑발』 등이 있다.

김정란 1976년 『현대문학』을 통해 작품 활동을 시작했다. 시집으로 『다시 시작하는 나비』 『매혹, 혹은 겹침』 『그 여자 입구에서 가만히 뒤돌아보네』 『스.타.카.토 내 영혼』 『용연향』 『꽃의 신비』 등이 있다.

김행숙 1999년 『현대문학』을 통해 작품 활동을 시작했다. 시집으로 『사춘기』 『이별의 능력』 『타인의 의미』 『에코의 초상』 『무슨 심부름을 가는 길이니』 등이 있다.

김혜순 1979년 『문학과지성』을 통해 작품 활동을 시작했다. 시집으로 『또 다른 별에서』 『아버지가 세운 허수아비』 『어느 별의 지옥』 『우리들의 음화』 『나의 우파니샤드, 서울』 『불쌍한 사랑 기계』 『달력 공장 공장장님 보세요』 『한 잔의 붉은 거울』 『당신의 첫』 『슬픔치약 거울크림』 『피어라 돼지』 『죽음의 자서전』 『날개 환상통』 등이 있다.

나혜석 1896년 경기도 수원에서 태어났다. 1914년 도쿄 조선인 유학생 잡지 『학지광』에 수필 「이상적 부인」을 발표하며 작품 활동을 시작했다. 소설 「회생한 손녀에게」 「현숙」 등을 비롯해 시, 수필, 그림에서도 많은 작품을 남겼다. 한국 여성 최초의 서양화가로도 활동했으며 1948년 원효로 시립 자제원에서 사망했다.

나희덕 1989년 『중앙일보』 신춘문예를 통해 작품 활동을 시작했다. 시집으로 『뿌리에게』 『그 말이 잎을 물들였다』 『그곳이 멀지 않다』 『어두워진다는 것』 『사라진 손바닥』 『야생사과』 『말들이 돌아오는 시간』 『파일명 서정시』 『가능주의자』 등이 있다.

신영배 2001년 『포에지』를 통해 작품 활동을 시작했다. 시집으로 『기억이동장치』 『오후 여섯 시에 나는 가장 길어진다』 『물속의 피아노』 『그 숲에서 당신을 만날까』 『물안경 달밤』 등이 있다.

신해욱 1998년 『세계일보』 신춘문예를 통해 작품 활동을 시작했다. 시집으로 『간결한 배치』 『생물성』 『syzygy』 『무족영원』 등이 있다.

이근화 2004년 『현대문학』을 통해 작품 활동을 시작했다. 시집으로 『칸트의 동물원』 『우리들의 진화』 『차가운 잠』 『내가 무엇을 쓴다 해도』 『뜨거운 입김으로 구성된 미래』 등이 있다.

이기성 1998년 『문학과사회』를 통해 작품 활동을 시작했다. 시집으로 『불쑥 내민 손』 『타일의 모든 것』 『채식주의자의 식탁』 『동물의 자서전』 『사라진 재의 아이』 등이 있다.

이민하 2000년 『현대시』를 통해 작품 활동을 시작했다. 시집으로 『환상수족』 『음악처럼 스캔들처럼』 『모조 숲』 『세상의 모든 비밀』 『미기후』 등이 있다.

이 원 1992년 『세계의 문학』을 통해 작품 활동을 시작했다. 시집으로 『그들이 지구를 지배했을 때』 『야후!의 강물에 천 개의 달이 뜬다』 『세상에서 가장 가벼운 오토바이』『불가능한 종이의 역사』『사랑은 탄생하라』『나는 나의 다정한 얼룩말』 등이 있다.

이제니 2008년 『경향신문』 신춘문예를 통해 작품 활동을 시작했다. 시집으로 『아마도 아프리카』『왜냐하면 우리는 우리를 모르고』『그리하여 흘려 쓴 것들』『있지도 않은 문장은 아름답고』 등이 있다.

조용미 1990년 『한길문학』을 통해 작품 활동을 시작했다. 시집으로 『불안은 영혼을 잠식한다』『일만 마리 물고기가 산을 날아오르다』『삼베옷을 입은 자화상』『나의 별서에 핀 앵두나무는』『기억의 행성』『나의 다른 이름들』『당신의 아름다움』 등이 있다.

조 은 1988년 『세계의 문학』을 통해 작품 활동을 시작했다. 시집으로 『땅은 주검을 호락호락 받아주지 않는다』『무덤을 맴도는 이유』『따뜻한 흙』『생의 빛살』『옆 발자국』 등이 있다.

진은영 2000년 『문학과사회』를 통해 작품 활동을 시작했다. 시집으로 『일곱 개의 단어로 된 사전』『우리는 매일매일』『훔쳐가는 노래』 등이 있다.

천양희 1965년 『현대문학』을 통해 작품 활동을 시작했다. 시집으로 『신이 우리에게 묻는다면』『사람 그리운 도시』『하루치의 희망』『마음의 수수밭』『오래된 골목』『너무 많은 입』『나는 가끔 우두커니가 된다』『새벽에 생각하다』『지독히 다행한』 등이 있다.

최승자 1979년 『문학과지성』을 통해 작품 활동을 시작했다. 시집으로 『이 시대의 사랑』『즐거운 일기』『기억의 집』『내 무덤, 푸르고』『연인들』『쓸쓸해서 머나먼』『물 위에 씌어진』『빈 배처럼 텅 비어』 등이 있다.

하재연 2002년 『문학과사회』를 통해 작품 활동을 시작했다. 시집으로 『라디오 데이즈』『세계의 모든 해변처럼』『우주적인 안녕』 등이 있다.

한 강 1993년 『문학과사회』에 시 「서울의 겨울」 외 네 편을 발표하고 이듬해 『서울신문』 신춘문예에 단편소설 「붉은 닻」이 당선되어 작품 활동을 시작했다. 시집으로 『서랍에 저녁을 넣어 두었다』가 있다.

허수경 1987년 『실천문학』을 통해 작품 활동을 시작했다. 시집으로 『슬픔만한 거름이 어디 있으랴』 『혼자 가는 먼 집』 『내 영혼은 오래되었으나』 『청동의 시간 감자의 시간』 『빌어먹을, 차가운 심장』 『누구도 기억하지 않는 역에서』 등이 있다. 2018년 10월 지병으로 별세하여 뮌스터에 묻혔다.

황인숙 1984년 『경향신문』 신춘문예를 통해 작품 활동을 시작했다. 시집으로 『새는 하늘을 자유롭게 풀어놓고』 『슬픔이 나를 깨운다』 『우리는 철새처럼 만났다』 『나의 침울한, 소중한 이여』 『자명한 산책』 『리스본행 야간열차』 『못다 한 사랑이 너무 많아서』 『아무 날이나 저녁때』 등이 있다.